당신의 아픔이 낫길 바랍니다

당신의 아픔이 낫길 바랍니다

2020년 05월 18일 초판 01쇄 인쇄
2020년 05월 25일 초판 01쇄 발행

글   양성우

발행인   이규상
본부장   임현숙
책임편집   강정민
교정교열   김우영
디자인팀   손성규 이효재
마케팅팀   이인국 전연교 윤지원 김지윤
영업지원   이순복

펴낸곳   (주)백도씨
            출판등록   제2012-000170호(2007년 6월 22일)
            주소   03044 서울시 종로구 효자로7길 23, 3층(통의동 7-33)
            전화   02 3443 0311(편집) 02 3012 0117(마케팅)
            팩스   02 3012 3010
            이메일   book@100doci.com(편집·원고 투고) valva@100doci.com(유통·사업 제휴)
            블로그   blog.naver.com/h_bird   인스타그램 100doci

ISBN 978-89-6833-261-6   03810
© 양성우, 2020, Printed in Korea

이 도서의 국립중앙도서관 출판예정도서목록(CIP)은 서지정보유통지원시스템 홈페이지(http://seoji.nl.go.kr)와
국가자료공동목록시스템(http://www.nl.go.kr/kolisnet)에서 이용하실 수 있습니다.
(CIP제어번호: CIP2020019138)

당신의 아픔이 낫길 바랍니다

양성우

허밍버드
Hummingbird

지난 통계청 자료에 따르면 인구의 5퍼센트만이 외인사로 죽는다. 나머지 95퍼센트는 내과적으로 죽는다는 이야기다. 따라서 내과 의사, 그러니까 나는 죽음을 가장 가까이에서 보며 산다고 할 수 있다. 내과 의사는 셀 수 없이 많은 사망 진단서를 쓰지만 많은 생명을 살리기도 한다. 내가 주로 해왔던 일들이다.

나는 의사가 아닌 사람으로서의 삶은 잘 모른다. 의사인 나는 긴 시간 휴일도 없이 일상을 병원 안에 구겨 넣었다. 물론 좋아서 한 일이다. 나는 기도 삽관이 특기이고 취미는 중환자 예후 계산, 좋아하는 냄새는 소독약 베타딘 내음이다. 이런 마음에 사람에 대한 공감은 자리하기 어렵다. 생사의 간극에 감정을 넣으면 결과가 흐트러진다. 의사들은 스스로를 과학자라고 생각한다. 모든 현상들은 논리적으로 설명될 수 있어야 한다.

그래서인지 주변 사람들은 이런 내가 작가라고 하면 잘 연결 짓지 못한다. 이번에 책을 낸다 했더니 열이면 열 놀라 묻는다.

"네가? 어떤 책인데?"

사실 이런 질문을 들으면 자연스레 얼굴이 붉어진다. 자기 글을 남에게 보여 주는 것은 큰 용기를 필요로 한다. 흉악한 범죄를 저지른 수감자들도 '시 창작교실'에서 그렇게들 부끄러워한다던데.

"어. 그냥 에세이."

나는 그냥 웃어버리고 만다. 등단을 하고 책을 내도 여전히 속살을 내비치는 기분이다.

사실 생각해 보면 '그냥 에세이'는 아니다. 이 글은 '그것 참 복된 병이네요.'라고 철모르는 소리를 내뱉던 어린 의사의 성장기이자, 병원을 스쳐 간 수많은 삶과 죽음, 버팀과 희망의 날들에 관한 기록이다. 나의 이야기이자, 당신들의 이야기이다.

의대 시절부터 전공의를 거치고, 또 전문의가 되기까지 겪었던 많은 사건들은 내게 큰 고통과 성찰의 시간을 강요했다.

의사 국가고시 시험 날은 마치 여느 수능처럼 찬바람이 부는 날씨였다. 비록 대부분 의대생들이 붙는 시험이라고는 하지만 생각처럼 만만한 시험은 아니었다. 모의 진료 실기 시험을 통과하고, 이틀에 걸친 필기시험을 봐야 했다. 거의 스물에 달하는 과목 수, 방대한 공부량도 스트레스였다. 일 년의 긴 시간을 시험 준비에 쏟았지만 긴장감이 줄어들지 않았다. 나뿐 아니라 동기들 모두 비슷한 마음이었던 것 같다. 몸 어디가 아프지 않은 학우가 없었다. 긴 의대 생활을 보내고 드디어 의사가 된다는 결의감이 한몫했으리라.

의사고시 합격소식을 들었을 땐 감격해 울음을 터뜨렸다. 친구들은 밤새워 술을 마시자고 했지만 나는 거절했다. 취하고 싶지 않았다. 그토록 의사가 되기를 오래도록 꿈꿔왔는데, 나는 그 시간 동안 취해 있지 않았다. 아니, 오히려 밤을 새워 고통이 가득한 공부를 했다. 그러니 이 감동적인 순간에 취할 기분이고 싶을 리 없었다. 나는 모든 것에 감사하다는 생각을 했다. 더 이상 대학생이 아닌 직업인이 되었으니, 이제 이 사회의 쓸모 있는 사람이 되고 싶다, 뭐 대충 그런 순진한 생각도 했다.

그렇게 의사가 되었지만 버킷 리스트 중 하나가 날아갔다. 그 유명한 히포크라테스 선서를 놓쳐 버린 것이다. 졸업식을 불참해서였다. 인턴 시작 전 숙소를 잡아야 해서 못 갔는데 못내 아쉬움이 남았다. 나는 대신 같은 시간 고속버스 안에서 선서문을 검색해 읽었다.

또 그렇게 의사가 되었지만 병원에서는 고작 인턴이었다. 머릿속에 있는 의학 지식을 임상 경험과 연결하는 것은 너무나 어려웠다. 병원에는 '인턴 밑에 바닥'이란 말이 있을 정도다. 몇몇 사람에게 하대를 당하던 인턴 생활은 꽤 고달팠다. 새벽에 콜이 와서 가 보면 라면에 물 좀 부어 달라던 상사 레지던트도 있었다.

현장은 메디컬 드라마처럼 멋진 일들만 가득하지 않았다. 오히려 피비린내와 고름, 소변, 가래 냄새로 가득했다. 그래도 나름대로 의미 있는 한 해였다. 일단 책 밖의 세상을 보는 소소한 재미가 있었다. 내 환자가 없으니 책임의 무게도 적고, 심지어 진단명을 알고 있을 필요조차 없었다. 또 환자와 자주 이야기할 수 있어 말하길 좋아하는 나로서는 여러모로 만족스러웠다.

다음 해에 레지던트 1년 차가 되었다. 어깨를 짓누르는 책임의 무게가 느껴졌다. 몸만 힘들었던 인턴 때와는 비교할 수 없을 정도의 고통이었다. 내 환자가 나빠져 퇴원 하루 만에 응급실로 실려 들어온 날, 중압감을 견디지 못하고 위 연차 전공의에게 "나는 자격이 없다. 일을 그만두겠다."라고 말했다. 나 때문에 누군가의 삶이 망가진다는 사실이 견디기 어려웠다. 하지만 위 연차 전공의는 "누구나 겪는 일"이라며 "결국 해낼 수 있을 거다."라고 위로했다. 내 마음이 진정되는 걸 기다렸다가 혼을 내기도 했지만 말이다.

일 년쯤 시간이 지나니 일이 익숙해졌다. 일단 처방 내는 손이 매우 빨라졌다. PC 게임을 하는 듯한 빠른 마우스 클릭이었다. 웬만한 사람은 눈으로 쫓아오지 못할 정도였다. 의대 시절 낑낑거리며 외웠던 치료약들도 이제는 아무렇지 않게 처방했다. 중환자실 주치의가 되자 자신감은 곱절이 되었다. 어떻게 해야 죽을 사람을 살리는지, 언제쯤 사람이 죽을지, 산 사람이 죽을 가능성이 어떻게 되는지 여러 가능성을 눈으로 볼 수 있었다.

하지만 "의사 된 거 만족하세요?" 질문을 받으면 바로 대답하지 못했다. 속마음은 '결코 아님'이었다. 나는 굉장히 오랫동안 의사가 된 것을 후회했다. 타고난 예민함과 섬세함이 장점이 아닌 약점이 되어 매일 나를 옥죄었다. 내 능력 밖의 영역이 환자를 망가뜨리면 끝없이 자책했다. 한 사람을 맡고 돌보며 위기를 관리하는 것이 큰 스트레스였다.

의사로서 한때는 세상에 존재하는 모든 게 싫었다. 정신적 고통이 심해 상담을 받기도 했다. 지나친 부담감을 짊어져야 하는 직업이었다. 내 마우스 클릭 한 번에 타인의 운명이 결정되지 않던가. 특히 내과 환자들은 자기 목숨을 건 치료를 받고 있는 만큼 극도로 예민하다. 이런 이들을 매일 대하기란 감정적으로 여간 힘든 일이 아니다.

그래도 시간은 모든 것의 명약이었다. 고연차가 되니 공부를 하며 과거 일들이 머릿속으로 정리되기 시작했다. 사건에서 멀어지니 당사자들의 마음도 이해할 수 있었다. 그러던 어느 날 학회에 갔다가 학회지 제일 첫 페이지의 '내과 의사 윤리선언'을 읽으며 나는 문득 눈시울이 붉어졌다.

1. 내과 의사는 언제나 환자의 건강과 안전을 최우선으로 생각하고 환자에게 가장 적절한 의료를 제공한다.

2. 내과 의사는 최신 의학지식을 습득하기 위해 노력하며 과학적이고 합리적인 근거에 기초하여 환자를 진료한다.

......

나는 과연 그분의 건강과 안전을 최우선으로 생각했을까. 내 치료는 가장 적절한 것이었을까. 내 지식은 과연 최신 의학 지견을 반영했을까……. 강의를 들으면서도 매시간 그 병에 해당되는 환자가 떠올랐다. '그때 이렇게 했으면 더 좋았을 텐데…….' 모든 의사들의 마음이 그렇듯 나 역시 과거의 미숙한 모습이 떠올라 부끄러웠다. 내 환자들에게 미안한 마음이 생겼다.

그래서 나는 글을 쓰기 시작했다. 서랍을 열어 집착적으로 수집했던 환자의 병록(病錄)을 꺼냈다. 의학 용어와 진단명으로 빼곡한 기록의 행간, 나는 틈새로 방울지어 떨어지는 농축된 감정의 물을 받아먹었다. 수많은 환자들의 사연 속에 스며든 가슴 아픈 이야기들……. 살고 싶었던 사람, 살기 위해 많은 희생을 치른 사람, 자식을 잃은 사람, 가난한 사람, 잘 살았던 사람, 죽어 가는데도 병이 아무렇지 않은 사람, 갑작스레 병을 얻어 놀란 사람, 병이 억울한 사람, 병을 부정하는 사람, 허무하게 죽은 사람……. 그리고 순간순간 내가 가졌던 마음들을 떠올려 보았다.

이 과정에서 나는 놀라운 깨달음의 선물을 받았다. 선물함을 여니 '인생이란 무엇인가?'에 대한 어렴풋한 답이 있었다. 나는 의사가 되기 전 오랫동안 그 답을 찾아 헤맸다. 종교에 탐닉하기도 하고 서양 철학사를 통독하기도 했다. 하지만 그곳엔 털끝만 한 실마리도 없었다. 그런데 병원이라는 공간, 이 극단적 공간의 극단적 감정이 진실의 실루엣을 보석처럼 드러나게 했다.

현대인들은 대개 건강하고 오래 산다. 그래서 자기가 영원히 살 것처럼 착각하는 경향이 있다. 그렇게 살다 누군가의 병이나 죽음을 만나면 큰 충격을 받는다. 나도 그랬다. 병원에서 마주한 삶과 죽음의 온도차는 놀라우리만큼 극명

했다. 그런데 내가 목격한 수많은 삶들은, 아이러니하게도 마지막 순간 더 밝게 빛나기 시작했다. 이들의 빛나는 인생은 그 어떤 책도 알려주지 못했던 가르침을 내게 주었다. 그뿐만 아니라 나는 위로받고 있었다. 환자 목록 하나하나를 꺼내어 보니 감사함이 느껴졌다. 혹자에 대한 미움은 사랑이 되었다. 생각해 보면 내 환자들이야말로 내게는 가장 큰 스승들이었다. 진심으로 그들이 낫길 바랐고, 환자의 회복은 내게 허락된 가장 큰 기쁨이었다.

《당신의 아픔이 낫길 바랍니다》는 그런 경험을 엮은 기록이다. 이 글 묶음은 결코 혼자 힘만으로는 불가능했다. 친구 신재형, 김유나, 권주희, 백대현, 박기홍, 박혜강, 박제헌의 도움, 또 가족들의 응원 덕에 나는 지치지 않을 수 있었다.

원주세브란스기독병원, 을지대학교병원, 분당제생병원의 스승님들, 의사로 가는 이 고난의 길을 함께해 주신 동료 여러분께도 감사드린다. 전공의 선후배와 동기들과 함께 한 5년을 결코 잊지 못할 것이다.

이 땅의 의사, 간호사 선생님들께도 이 자리를 빌어 감사의 말씀을 올린다. 특히 이번 코로나-19 팬데믹 시기에 선생님들의 목숨을 건 진료는 사람들에게 큰 감동을 주었다. 여러분은 진정한 영웅이었다. 선생님들의 피땀이 있기에 열악한 한국의료체계가 아직 굳건하다고 생각한다.

양성우

내과 의사 윤리선언

내과(內科)는 의학의 근본(根本)으로, 내과 의사는 이를 깊이 인식하고 히포크라테스 정신을 충실하게 계승하고 있다. 오늘날 사회와 의료 환경은 급격하게 변하고 있으며, 질병의 다양화, 생명과학의 발전 등으로 인해 의료 윤리를 더욱 엄격히 지킬 것이 요구되고 있다.

이에 우리 내과 의사는'환자의 생명을 지키는 것이 본연의 사명임'을 다짐한다. 나아가 의료 분야에서 국민에게 봉사하고, 국가 의료 발전에 이바지하며, 환자의 건강 회복을 위해 성심을 다하여 진료할 것을 서약한다.

01 | 내과 의사는 언제나 환자의 건강과 안전을 최우선으로 생각하고 환자에게 가장 적절한 의료를 제공한다.

02 | 내과 의사는 최신 의학지식을 습득하기 위해 노력하며 과학적이고 합리적인 근거에 기초하여 환자를 진료한다.

03 | 내과 의사는 성별, 종교, 국적, 인종, 빈부를 초월하여 모든 환자를 차별 없이 평등하게 진료한다.

04 | 내과 의사는 진료과정 중에 습득한 환자의 비밀을 철저히 보호하고 환자의 자율적인 선택을 존중한다.

05 | 내과 의사는 의업(醫業)의 품위와 전문성을 지키고, 더하여 동료 의사의 비윤리적 행위를 예방하기 위해 노력한다.

06 | 내과 의사는 동료 의사와 보건의료 종사자의 직무 영역별 전문성을 존중하며 국민건강 증진을 위해 함께 노력한다.

07 | 내과 의사는 의료계를 계승할 자들의 전문 능력과 윤리적 품성을 성심껏 교육하고 지도한다.

08 | 내과 의사는 의도적이든 비의도적이든 비도덕적 의료 행위 및 반인륜적 행위와 관련된 일에는 결코 참여하지 않는다.

09 | 내과 의사는 임상 연구에서 발생할 수 있는 윤리적 문제에 관심을 가지고 그 예방은 물론 피험자의 인격과 건강보호를 위해 최선을 다한다.

10 | 내과 의사는 효과적인 환자 치유와 의료 발전을 위해 대한 내과학회 및 소속된 학술단체의 활동에 적극 참여한다.

우리 내과 의사는 위와 같은 다짐을 자유의사에 따라 개인의 명예(名譽)와 존엄(尊嚴)을 받들어 성실히 이행할 것을 선언한다.

대한내과학회
〈제정 2007. 10.27〉

1부

이렇게 의사가 된다

2부

삶과 죽음의 온도차

3부

아픔을 지나는 길

1부

이렇게 의사가 된다

의사가 되어 셀 수 없이 많은 죽음을 겪었다.
이렇게나 많은 죽음을 볼 줄은 몰랐다.

내과 의사는 오늘 말을 나눴던 이가
다음 날 죽어도 일상처럼 받아들여야 한다.

바이탈 잡는 의사

심폐소생술 중 가끔은 무서워지기도 한다
내가 내미는 손이 강 저편까지 뻗어 있다는 증거이기 때문이다

─────

바이탈과 의사. 죽고 사는 의학적 문제를 풀어내는 해결사. 내과, 외과, 흉부외과, 응급의학과 등을 부르는 의료계 은어다. 우리는 정도의 차이만 있을 뿐 하나같이 바이탈과 의사로서의 높은 자부심을 가지고 있다.

자부심만큼이나 할 일도 많다. 출근해 있는 동안은 모든 상황에 일 초 스탠바이. 어떤 때는 병원 문밖을 나서는 것도 금지다. 내 환자에게 무슨 일이 생겼을 때 원내 방송을 못 들으면 초 단위로 놓칠 수 있기 때문이다. 다른 과 환자에게 생기는 문제를 감시해야 하기 때문에라도 그렇다. 병원 안에서 방송이 나오기 전 항상 들리는 스피커 켜지는 소

음이 있다. 그 '탁' 하는 소리가 들리면 모든 바이탈과 의사는 정지 동작으로 선다. "71 병동 코드 블루(원내 심정지 상황 발생)"가 이어 들린다. 모두는 하던 일을 버려두고 그곳으로 달린다. 내과 의사가 된 지도 이제 몇 년, 벌써 백 번은 뛰었다. 나는 아직도 내과 의사가 된 첫날 당직을 기억한다. 새벽 찬바람을 맞으며 뛰던 초짜 의사의 터질 듯한 설렘. '나는 중요한 일을 하고 있다'는 실로 멋진 기분이었다.

가장 먼저 도착하면 그곳에는 당황한 이들이 있다. 환자는 침대에 누워 간호사 스테이션에 나와 있다. 그를 발견한 것은 아마도 병동을 순회하던 간호사. 자기 담당 환자가 죽은 모습을 보고 많이 놀랐겠지만, 진정할 시간은 충분하지 않다. 간호사 서넛이 기도 확보와 가슴 압박을 시작하고, 온 병동의 사람들이 나와 둘러싸고 구경하고 있다. 한 간호사가 잘 맞지 않는 산소마스크를 채우려 애쓴다. 다른 간호사는 가녀린 팔목을 꺾어 환자의 복장뼈를 수직으로 누르고 있다. 몇 분만 더 하면 본인이 먼저 쓰러질 것 같다. 막 도착한 나는 숨을 헐떡이며 말한다.

"손 바꿉시다."

간호사는 기다렸다는 듯이 침대에서 미끄러져 내려온다. 그녀는 완전히 탈진했는지 아예 땅에 주저앉아 버릴 것만 같다.

나는 환자 위로 올라탄다. 손을 바꾸는 잠시 동안 환자에게서 굉장한 정적이 느껴진다. 죽은 사람의 모습은 자는 사람과 확연히 다르다. 죽은 사람이 주는 섬뜩한 느낌은 잠시라도 한 번이라도 겪어 보면 잊을 수가 없다. 심폐소생술 중 '이 사람은 죽은 사람이 맞다'는 생각이 들면 가끔은 무서워지기도 한다. 내가 내미는 손이 강 저편까지 뻗어 있다는 증거이기 때문이다. 하지만 어떤 생각을 하더라도 그 시간이 길지는 않다. 자세를 잡으면 바로 압박이 시작된다.

나는 멈춘 심장을 대신해 몸 전체에 피를 쏴 주고 있다. 동료 하나가 서혜부 동맥에서 맥을 느끼고 있다. 잘 누르고 있으니 아마 느껴질 것이다. 젊은 남자가 압박을 하면 확실히 힘의 차이가 있다. 가끔은 힘이 과하기도 하다. 그래서 나는 힘의 세기에 매우 집중한다. '십 센티미터를 누른다!' 다행히 나는 비슷한 템포로 가슴 압박을 시행 중이다. 누르는 기분이 썩 좋지는 않다. 심장을 마사지하려면 반드시 복장뼈를 통과해야 한다. 나는 누를 때마다 바득거리는 뼈 소리를 들어야 한다. 복장뼈는 아까부터 부러져 있었다. 어쨌든 이 순간을 넘기지 않으면 환자는 죽는다. 뼈 소리를 그냥넘길 수 있는 담력이 필요하다. 이렇게 가슴 압박을 하고 있으면 속속들이 동료들이 도착한다. 내 이마에 맺힌 땀을 본인턴 하나가 이제 손을 바꾸자고 어깨를 두드린다. 내가 바닥을 밟는 즉시 그가 침대 위로 튀어 올라간다. 다시 심장이스스로 뛸 때까지 압박은 멈추지 않고 지속되어야 한다.

"에피네프린 삼 분마다 슈팅!"

"들어가고 있습니다."

심장이 산소를 전달하는 모터라면, 모터 자체에 산소를줄 수 있는 시스템은 호흡기계다. 뇌는 산소 분압에 매우 중요한 장기다. 잠시라도 산소를 먹지 못하면 뇌사할 수도 있다. 따라서 기도 확보는 지속적인 산소 공급을 위해 매우 중요하다. 환자의 기도 확보가 원활하지 않은 모습을 보고 나는 환자의 머리맡으로 미끄러져 움직인다.

"인투베이션(기관 삽관) 합시다!"

내가 말할 즈음 세트 준비는 이미 끝나 가고 있다. 역시숙련된 인력과 일하는 것이 좋다. 내가 딱히 신경 쓰지 않아도 돌아가는 프로들의 이 자동능(自動能)을 사랑한다. 이들은 모든 곁가지를 알아서 준비해 준다. 전문가라는 찬사가 아깝지 않다. 여하튼 그동안 나는 라텍스 장갑을 끼고 누운 환자의 목을 뒤로 꺾어 젖혀 자세를 잡는다. 후두경에 손바닥 길이의 쇠뭉치를 철컥 걸어 잠근다. 블레이드(칼날)라 불리는 이 쇠뭉치 끝으로 빛이 나와 어두운 목구멍 안을 비춘다. 나는 쇠뭉치로 후두덮개를 찾아내 걷어 올릴 것이다. 후두덮개가 열리면 숨길을 볼 수 있다. 그 안으로 관이 들어가야 이 사람이 산다.

나는 블레이드를 부드러운 목구멍 안쪽에 갖다 붙여 조심스럽게 올린다. 자칫 잘못하다간 이를 부러뜨릴 수 있다. 벌써 수십 번 한 적 있는 술기지만 실패할까 두려워진다. 매번 성공해도 항상 두렵다. 기도가 확보되지 않은 환자는 지금도 조금씩 죽어 가고 있다. 한 번 실패 후 맞는 두 번째 시도는 환자가 남은 생을 식물인간으로 살 확률을 십 퍼센트 증가시킬 수도 있다. 시간이 갈수록 그렇다. 두렵지 않을 수 없다.

하지만 나는 후두의 해부학을 확실히 이해하고 있다. 주눅 들 필요는 없다. 나는 블레이드를 위로 당겨 후두덮개를 찾아내고야 만다. 나는 속으로 '좋았어!'를 외친다. 기도가 보인다.

그때 환자의 몸이 거세게 흔들린다. 가슴팍을 압박하는 선수의 교체다. 새로 압박하는 인턴은 올려다봐야 할 정도로 큰 키를 가진 거구였다. 그가 압박을 시작하면서 나는 걸었던 후두덮개를 놓쳐 버렸다. 실패를 빨리 받아들이고 다시 시도해야 했다. 이런 난장판에서 자기 일을 방해받았다고 감정이 요동쳐서는 안 된다. 그 누구를 비난해서도 안 된다. 다시 하면 된다. 그것만이 중요하다.

다행히 후두덮개의 위치를 금세 찾아냈다. 기도가 열리니 녹색 가래가 꿀렁꿀렁 흐르고 있다. 나는 이따 주치의에게 흡인성 폐렴 가능성을 얘기해 줘야겠다고 생각한다. 나는 눈도 깜박이지 않고 기도를 주시한다. 간호사에게 한 손으로 튜브를 달라는 손짓을 하자 내 손에 튜브가 닿는 것이 느껴진다. 나는 튜브를 쥐고 기도 안으로 밀어 넣는다.

"좋았어, 돌아왔네."

내가 기도 삽관을 하고 있는 사이, 사타구니의 동맥을 짚고 있던 내과 레지던트 선배가 ROSC(return of spontaneous circulation: 자발 순환 회복)를 선언한다. 심장이 이제는 알아서 뛴다는 의미다. 압박하던 인턴이 환자에게서 떨어진다. 나는 청진기를 꺼내 폐 하부의 소리를 듣는다. 앰뷰백 수축에 맞춰 공기가 잘 흐르고 있다. 미소를 지으며 맥을 짚는 레지던트에게, 나 역시 미소를 지어 준다.

"튜브 고정. 여기도 잘 들어갔습니다."

처음 환자를 발견한 간호사가 깊은 안도의 한숨을 내쉰다. 거의 울 것 같은 표정이다. 중환자실로 내려가는 엘리베이터가 대기 중이라고 복도 끝에서 이송 요원이 소리친다. 우리는 쇠로 된 바퀴침대 프레임을 잡고 엘리베이터를 향해 달린다. 무기력하게 누운 환자가 복도를 빠르게 미끄러져 간다.

환자는 지금 살아났지만, 이제부터가 진짜 시작이다. 강한 각오의 냄새가 복도를 가득 메운다. 환자에게는 지금이 일생 중 가장 중요한 순간임이 확실하다. 그에게 주어진 생이 몇 시간일지 몇 년일지는 중요하지 않다. 신의 영역은 내 관심과 능력 밖이고, 능력 밖의 일은 전혀 궁금하지 않다. 어쨌든 우리는 지금 그를 건져 내야 한다. 늪에서 꺼내 안전한 곳으로 옮겨야 한다. 그것만이 중요하다. 나는 바이탈 잡는 의사니까. 나는 내과 의사니까.

컨타는 절대 안 돼

환자가 우리에게 요구하는 것은
천재성이 아니라 언제나, 성실함이다

———

의대 시절 이야기다. 동기 의대생들은 병원 실습이 끝나고 돌아오면 나름의 피로를 호소했다. 처음 경험하는 병원 생활이었다. 병원의 규칙은 일상생활과는 완전히 다른 것이었다. 내 잘못으로 환자가 나빠지지는 않을까 하는 부담에 모든 것이 두렵고 조심스러웠다. 선배 의사들은 우리의 태도를 하루 종일 비난하기 일쑤였다. 교수님, 레지던트, 심지어 우리끼리 우스갯소리로 병원 최하층이라는 인턴들도 우리에게는 하늘같은 선배로 군림했다.

우리가 지켜야 하는 규칙은 수없이 많았다. 회진 한 시간 전에 나와 환자 파악을 해야 하고, 미리 환자를 봐 둬야 하고, 넥타이를 해야 하고, 구두를 신어야 하고, 가운 안에는 와이셔츠를 입어야 하고, 염색을 해서는 안 되고, 병원 내에서는 항상 의료진에게 인사하고……. 개중에는 비합리적으로 느껴지는 것들도 있었다. 최악은 실습을 나올 때 비가 와도 우산을 써서는 안 된다는 지침이었다. 정 쓰고 오고 싶다면 별관 복도의 우산 보관함에 넣으면 되었는데, 어차피 병동이 있는 본관까지는 비를 맞고 가야 했다. 그래도 아무도 크게 불평하지 않았다. 윗사람의 권위는 병원이, 병원의 권위는 현대 의학이, 의학의 권위는 과학이 세운 것이었다. 모든 지침이 합당한 이유가 없을지는 몰라도, 모두 따를 때에만 불편 없이 배울 수 있음은 명확했다.

어떤 습관을 고치라는 지침은 법령 수준으로 중요한 사항이라서, 평소처럼 했다가는 불호령이 떨어질 것이었다. 그나마 우산을 두고 오라는 지침이면 약간만 긴장하면 문제없이 따를 수 있다. 가끔 우산을 안 쓰고 다니는 경험은 누구에게나 있을 테니 '비가 오지만 우산 잠깐 놓고 가지' 정도의 생각만 하면 된다. 비 오는데 우산을 가지고 나가는 '실수'를 하더라도 만회할 기회는 얼마든지 있다. 병원 입구 안 보이는 구석에 잠깐 숨겨 둔다거나, 아니면 우산을 쓰고 숙소에 가져다 두고 비를 맞으며 다시 나오면 된다. 다만 완전히 굳어 버려 별생각 없이 하는 일상적인 습관은 고치기 어려웠다. 이를테면 '컨타의 룰'이다.

당연히 진료 지침이다. "컨타는 절대 안 된다." 흔히들 병원에서 하는 말이다. 의료인들은 contamination을 줄여 '컨타'라고 부른다. 오염이라는 뜻이다. 피부 안쪽의 사람 몸은 기본적으로 무균 상태가 정상이다. 수술이나 시술 시 무균 상태로 진입한다면(사람 몸 안을 뚫거나 째거나 까거나 자르거나) 손 피부를 물로 닦고 강력한 소독약으로 균을 죽여 완전한 무균 상태로 만들어야 한다.

쉬워 보이지만 막상 해 보면 결코 그렇지 않다. 오염된 공기가 손에 붙는 건 어쩔 수 없다 쳐도, 누굴 만지거나, 긁거나, 스치거나 하는 일은 없어야 한다. 그래서 수술방 안에서 컨타를 주의하는 의료인들의 모습이 좀 우스워 보이기도 한다. 이들은 부딪히거나 스치지 않기 위해 무중력 상태의 우주인처럼 두둥실 떠다닌다. 의학 드라마에도 자주 나오지만 집도의가 손을 씻을 때 무릎으로 밸브를 조절하는 것도 이 때문이며, 손을 다 씻고 하늘을 향하는 기이한 행동도

손의 물을 더러운 땅으로 흘리기 위해서다.

누군가 컨타를 행했다면 그 순간 모두의 시간은 정지한다. 범인은 고개를 숙여 유감을 표한다. 모두의 날 선 눈총에 항복을 고한 다음, 당장 라텍스 장갑과 족히 만 원은 넘어 보이는 번쩍이는 일회용 수술용 가운을 벗어 던지고 나가야 한다. 그다음 십 분간 손을 씻고, 수술방 안으로 들어와, 문 앞에 서서 소리친다. "죄송합니다." 꾸벅 절을 하고, 장갑을 끼고, 수술 가운을 입는 과정을 처음부터 다시 거쳐야 한다. 이 모든 일은 간호사가 도와야만 할 수 있기에 그 간호사가 수술 중 하고 있던 다른 업무는 잠시 또 중단된다. "죄송합니다." 간호사를 지나 엉거주춤 수술 베드로 돌아온 다음엔 수술팀에게 고해야 한다. "죄송합니다." 아무도 대꾸해 주지 않더라도 무조건 해야 한다. 매우 미안한 마음을 담아 해야 한다. 가장 미안해해야 할 사람은 역시 수술받는 환자겠지만, 정작 그는 마취 상태여서 듣지 못한다.

컨타의 무게는 누구에게나 동일하다. 제아무리 방송에 출연하는 '이 시대의 명의'라도 컨타의 대가는 동일하게 치러야 한다. (물론 명의라 알려진 분들은 백전노장이므로 컨타 같은 간단한 실수는 안 한다.) 하물며 대가 의사들에게도 이런데, 의대생 나부랭이가 이 수술방의 정의의 칼을 피해 갈 방법은 없다. 나도 몇 번 컨타를 만든 적 있다. 수술과 관련 없는 곳에 서 있었지만 대기조로 있는 내가 저지른 컨타를 어떻게 알아챘는지, 치프 레지던트가 나를 수술방에서 쫓아냈다. 보고 싶은 수술이었지만 내게 두 번째 기회는 주어지지 않았다. 학점도 영향을 받아 속이 쓰렸다.

점수만 깎이면 다행이었다. 인턴이 되었을 때는 사회 초년생으로서, 일 잘한다는 말을 듣고 싶어 빠릿빠릿하게 움직였다. 최고의 성과를 내기 위해서는 많은 일을 동시에 해야 했고, 당연히 조심성은 떨어졌다. 내가 한 실수 중 하나는 컨타였다. 당시 나는 '박살'이라는 말이 어울릴 정도로 혼난 다음, 다시 들어와 수술에 참여해야 했다. 한 번 천덕꾸러기로 찍히자 집도의는 냉혹한 평가의 잣대를 여러 번 들이댔다. 나는 몇 시간 수술 동안 몇 번이나 박살 나야 했다. 차라리 죽는 게 낫겠다는 생각을 했을 정도였다.

컨타는 우리에게 얼마나 큰 스트레스였을까? 표현할 수 없을 정도로 컸던 것 같다. 일단 무균 상태에 도달하는 습관이 익숙하지 않고, 무의식적인 행동 하나하나에 평가를 당해서 그랬던 듯하다. 의대 동기 하나는 수술방에서 컨타를 저지르고 "이 기본도 안 된 XX, 당장 나가서 씻고 와."라는 폭언을 듣고 수술방에서 쫓겨났다. 이 가여운 의대생은 심하게 주눅이 들어, 잠시 그 똑똑한 머리의 생각 회로가 고장이 났다. 그래서 그는 수술방 밖에서 손을 씻는 대신 기숙사까지 가서 샤워를 했다. 아마도 폭언에 놀라 "이 더러운 놈, 냄새나니까 씻고 와."라고 오해했을지도 모르겠다.

또 다른 한 예는 내가 아는 안경 쓴 선배 얘기다. 안경 선배는 안경을 자주 고쳐 잡고, 얼굴을 만지는 고약한 버릇이 있었다. 안경을 한 번 올려 쓰면 컨타. 코를 한 번 긁으면 컨타. 문제는 자기가 방금 콧등을 만지고도 모른다는 점이었다. 그는 허구한 날 컨타를 범했다. 매일같이 혼쭐이 나던 어느 날, 급기야 "너 같은 놈은 의사가 되면 안 된다."는 폭언까지 들은 후, 그는 자기 습관을 고쳐야겠다는 강한 동기를 갖게 된다. 얼굴 좀 만진다고 최악의 인간으로 평가받는 대신 얼굴을 만지지 않겠다고 마음먹은 것이다. 놀랍게도 하루 내내 생각하며 긴장하고 있으니 일상생활에서도 버릇이 고쳐지더란다. 자기도 모르는 사이 얼굴을 만지는 습관은 고쳤지만, 또 하나 난관이 있었다. 만지고 싶은 부위가 너무 간지러웠던 것이다. 결국 뼈를 깎는 마음으로 레지던트로 일하는 선배에게 술을 사며 물었다.

"형님, 얼굴이 너무 긁고 싶은데 수술 중이라면 대체 어떻게 해야 합니까?"

"후후, 맨날 여자 뒤꽁무니나 좇던 네가 드디어 고민다운 고민을 하는구나. 한잔 받아라."

"정말 진지합니다. 제발 도와주십쇼!"

"방법은 멀리 있지 않아. 간호사에게 긁어 달라고 하면 된다."

"네? 그건 좀 민망한 부탁 아닌가요?"

"환자는 수술하는 우리에게 목숨을 맡겼어. 대의 앞에서 그 정도 민망함은 감수해야지."

"그리고 그건 형님한테나 가능한 일이지요. 저 같은 학생이 어떻게 그런 부탁을 합니까?"

"너도 우리 감독하에서는 엄연한 의료진이다. 비록 열린 환부를 잡고 있는 역할이라 해도 그 점은 변하지 않아."

"음……. 알겠습니다. 가능하다 하더라도, 도저히 긁어 줄 수 없는 부위가 가렵다면……."

"오! 좋은 질문이야. 나도 한 번 그런 적이 있었거든. 대

여섯 시간 정도 걸리는 수술이었는데 겨드랑이가 너무 간지러운 거야. 차마 긁어 달라고 간호사에게 부탁할 수는 없었지. 하지만 사람은 의지로 어떤 일이든 할 수 있나 보더라고. 나는 잠시 정신을 집중해 겨드랑이가 가렵지 않다고 생각했어. 그럼에도 소양감은 쉽사리 사라지지 않았지. 하지만 알 수 있었어. 해결할 수 있다는 기분! 그래서 나는 가려운 부위를 생각만으로 옮길 수 있었어. 겨드랑이에서 팔로 어깨로 목으로 그리고 뺨까지 올려 버렸지. 놀랍게도 올라오는 동안 가려움도 많이 사라지더군. 결국 부탁할 필요도 없어졌지 뭐야."

이런 우스개 같은 조언도 안경 선배에게는 진지한 도전 과제였다. 그는 결국 원하던 목표에 도달했을 것이다. 컨타는 모두가 성취할, 아니 제거할 나쁜 습관이지만, 의식적인 노력을 지속적으로 하다 보면 언젠가는 이루게 된다. 한 사람의 의사가 만들어지는 데에는 시간 정도만 필요하다. 환자가 우리에게 요구하는 것은 천재성이 아니라 언제나, 성실함이다.

그렇게 매일을 고통받으며 습관을 고친 의대생들. 나와

내 친구들은 시간이 흘러 졸업을 하게 되었다.

　우리는 편안히 소파에 누워 다 같이 티브이를 보다가, 의학 드라마 속 멋진 남자 주인공이 집도의가 되어 수술방에 들어가며 안경을 고쳐 쓰는 장면에서 "쟤 저거 교수씩이나 되어서 컨타네."라고 심드렁하게 말할 정도로, 그래서 주인공의 수술 실력이 의심스럽다고 생각할 정도의 수준 높은 의료인이 되어 가고 있었다.

의사는 신이 아니에요

"큰 힘에는 큰 의무가 따른다"
그래서 의사들이 윤리 문제만 나오면 호들갑을 떠는 겁니다
남의 목숨을 쉽게 생각할 수 없으니까요

———

의사 하면서 뭐가 제일 힘드냐고요. 글쎄요. 한마디로 하긴 어렵지만 물어보신 김에 한 번 생각해 볼까요.

일단, 의사 간호사 모두 일하는 정신적 피로가 굉장하죠. 남의 힘든 얘기 듣고 사는 직업이 쉬울 리가 없습니다. 어떤 선배는 회진 돌러 가면서 "아유, 이제 우리 찡찡이들 보러 가야지." 하던데요. 그만큼 의료인들에게 하소연 들어 주기란 스트레스가 아닌가, 뭐 그렇습니다.

그래도 시간이 지나면 당연히 익숙해집니다. 신규 간호사든 새끼 의사든 시간이 지나면 다들 대인 관계 능력이 굉장한 수준에 이릅니다. 많은 호소와 불만을 다 들어 가며 그

럭저럭 잘 살아가요. 초년생일 때는 환자 하나하나에 감정을 다 쏟아 돌봤을 거예요. 시간이 지나면 그 대신 자기 안에서 무한의 샘을 찾아내 환자에게 끝없이 공감을 줘도 마르지 않는다고 할까요? 애초에 자기를 지키려고 만든 능력이겠지만, 뭐 그게 중요하겠어요? 결국에는 환자에게 좋은 일이라면 다 좋은 거다, 그게 이 바닥 룰입니다. 그리고 자기도 한 단계 올라선 거고요.

요즘에는 '감정 노동자'라는 멋진 지칭어가 있더라고요. 거 어쩌면 그렇게 말을 기막히게 잘 만들어 내는지. 그래요, 감정 노동자 맞죠. 그런데 너무 자기중심적인 말이기는 합니다. 환자의 감정 때문에 내 감정이 영향받는다, 이런 말 아니겠어요? 사실 우리는 환자 마음의 안위에 집중하지 않거든요. 훨씬 더 중요한 게 있죠. 의료인이라면 일단 병. 병을 고쳐야 하는 것 아니겠습니까? 감정은 사실 나중 문제예요. 이 사람의 감정⋯⋯이란 놈까지 잘 다룰 줄 아는 의료인은 소위 '전인 치료'를 한다고 주위에서 추켜세워 줍니다. 그만큼 쉬운 일이 아니에요.

아, 정신과는 마음의 병 다루는 데 아니냐고요? 그러네요, 그러네요. 방금 드린 말씀은 정신과는 빼고 생각하시죠.

정식 명칭은 정신건강의학과죠. 하여튼, 정신과도 다른 과처럼 약을 많이 쓰는 과이기는 하지만 상담 치료도 많이 하니까요. 저는 사실 많은 사람이 정신과 의사를 만나 봐야 한다고 생각하는데요. 현실은 그렇지 않죠. 정신과 진료를 권유받으면 미친 사람 취급한다고 기분 나쁘게 여기죠. 특히 우리나라 사람들은 집단의 동일성에서 벗어난 삶을 몹시 두려워하니까요. 남이 아는 이슈 다 알아야 하고, 유행 타는 옷 한 벌은 갖고 있어야 하고 이런 것 말입니다. 스스로 억압을 많이 하잖아요. 정신적으로 힘들 수밖에 없어요.

무슨 얘기 하다 말았죠? 아, 환자의 감정. 많은 의사들이 힘들어하는 문제 맞습니다. 가만 보면 당연히 힘들 수밖에 없는데요. 아시다시피 의대 오는 친구들 대부분이 과학 수학 같은 이공계 과목들이 우수한 경우고, 소위 말해 '과학자 마인드'가 충만한 경우가 많습니다. 이들의 가장 큰 관심사는 역시 병태 생리입니다. 정말 우수한 친구들이 많아요. 이야기해 보면 친구랑 노는 것보다 공부가 더 좋다고 하는 특이한 학생들도 적지 않습니다.

그런데 아까도 말했지만, 사람은 그 '감정'을 갖고 있잖아요. 사람은 존엄하다, 환자는 감정이 있다, 이들은 병을 가진 숙주 이상의 것이다…… 이런 말들 많이 하죠. 그래서 우리가 하는 일은 '의과학'보다는 '의업'으로 불립니다. 존엄한 인간이 가진 약점은 물론 유한성이 있는 신체겠지요. 이걸 인문학이라고 해도 될지 모르겠는데, 하여튼 인문학이라고 하면, 인문학과 의과학 둘 사이의 균형을 잡는 게 결코 쉬운 일은 아닙니다.

방금 신체의 유한성이 약점이라고 말했는데요. 환자의 약점에 대해 속속들이 알고 전문적으로 치료하기에 의사는 윤리적으로 고려할 일이 참 많습니다. "이 약 많이들 쓰지만, 지금 쓰면 절대 안 돼. 죽을 수도 있어." "지금 누가 봐도 죽을 것 같아 보이지만 실은 별것 아니야. 포기하긴 너무 일러." 환자를 둘러싼 상황을 주도적으로 이끌 수 있는 힘이 우리 전문가들에게는 있습니다. 따라서 보호자가 원한다고 그대로 가는 건 아닙니다. 비유가 적절할지 모르겠는데 옷을 고른다고 한다면, 손님이 이 옷을 입고 싶다고 들고 와도 전문가는 "아니에요. 당신은 여기 걸린 옷이 훨씬 더 어울립니다." 하고 최고의 선택을 이끌 역할과 의무가 있습니다. 그게 우리 직업의 특성입니다. 인간 몸의 타임 테이블을 이해하고 거시적으로 볼 수 있는 점. 병의 코스를 예측하고 최선을 알고 있는 점. 그래서 자기를 전문가라고 부르기에 스스럼이 없는 것입니다.

이렇게 살다 보면 자아가 비대해집니다. "제 목숨 살려주셔서 감사합니다." 소리 열 번만 들어 보세요. 내가 굉장한 사람처럼 느껴지지 않겠습니까? 이런 경험은 사람을 자만하게 만듭니다. 감사받을 행동을 한 사람인데, 겸손해지려면 오히려 역 엔트로피를 가야 하는 거죠. 그렇게 살다 보면 가끔은 이런 생각도 무의식에 깔리게 됩니다. '나는 사실 전지전능하지 않을까?'

어? 지금 제 말 듣고 웃으시는데 이게 진짜 이렇다니까요. 자기가 신인 줄 알아요. 아니, 물론 의식적으로는 나도 몸이 있고 사람인 거 알죠. 하지만 무의식적으로……. 무의식을 증명할 수 있냐고요? 좋지만 어려운 질문이군요. 제가 정확한 답을 하기는 좀 어려워요. 정신과적인 이야기라 말이죠. 여하간 이건 넘어갑시다. 어쨌든 그런 심리가 많이들 있어요, 제가 볼 때는요.

이런 말도 많이 들어요. 보호자한테서 "당신이 이·치료도 하고 저 치료도 하자고 시켜서 했는데, 왜 못 살리냐?" 이런 질문이 날아와요. 종일 환자 생각만 하고 치료한 의사 입장에서는 이런 항의를 들으면 울컥합니다. 그래서 감정을 실어 답하기도 하죠. "의사는 신이 아니에요!" 얼핏 당연한 말을 하는 것 같죠? 제 생각엔, 이 의사는 자기가 어느 정도까지는 전지전능하다고 생각할 거예요. 그리고 실력 있는 의사일 확률이 높습니다. 자기 치료에 자신감이 있어야 할 수 있는 말입니다. 앞에 약간 생략된 게 있어요. "의사인 저를 전지전능한 신이라 느끼실 수 있겠지만, 신이 아닙니다."

환자 입장에서 들으면 약간 황당할 수도 있어요. '그럼 당연히 신이 아니지. 시건방진 놈!' 하고요. 사실 내가 신처럼 느껴지는 기분은 그 길을 가 본 의사만이 느낄 수 있습니다. 내 행위 하나에 사람을 살리기도, 죽이기도 하면서 커다란 힘을 느끼는 거죠. 요즘 유행하는 히어로 영화에 주인공이 처음 초능력을 얻었을 때의 그 감정선을 혹시 기억하시나요? 자기 힘에 놀라기도 하지만 두려움도 같이 느낍니다. 이런 대사도 있잖아요. 〈스파이더맨〉일 거예요. "큰 힘에는 큰 의무가 따른다." 의사들도 비슷한 감정을 느낀다고 할까요. 그래서 의사들이 윤리 문제만 나오면 그렇게 호들갑을 떠는 겁니다. 남의 목숨을 쉽게 생각할 수 없으니까요.

그런데 처음 질문이 뭐였죠? 아! 언제 제일 힘드냐…….

글쎄요. 역시 교감이 안 되는 게 제일 힘들죠. 말하다 보니 생각이 드는 게, 심리적으로 하나는 반인반신, 다른 쪽은 인간인데 대화가 잘 안 되는 게 당연하겠네요. 그래도 어쩌겠어요. 열심히 해 봐야지. 소통이란 게 다 그런 것 아니겠어요?

양 내과 의원

수많은 타인의 죽음을 겪었던 아버지를,
나는 내과 의사가 되어 내 환자를 잃고서야
비로소 이해할 수 있었다

———

나의 아버지는 내과 의사다. 어린 시절 나는 친구들 사이에서 '병원집 아들'로 불렸는데, 실제로 사는 집이 의원 꼭대기에 작게 마련되어 있었다. 이곳에 부모님, 할머니, 나와 동생 이렇게 다섯 가족이 살았고, 당직을 서는 간호사 누나도 있었다. 병원은 시내 대로변에 있었고, 밤이면 자동차가 아스팔트를 긁는 소리에 종종 잠을 깼다. 나는 할머니를 안고 다시 잠을 청하고는 했다. 병원 바로 옆에는 성인 영화관이 있었다. 나는 이 영화관을 매우 싫어했는데, 길에서 파는 번데기 냄새와 헐벗은 아줌마들의 유화풍 포스터가 버무려져 묘하게 역겨운 분위기를 만들었기 때문이다. 병원 뒤로는 미로 같은 길이 난 주택이 많았는데, 경찰이 다니기 어려워서인지 이쪽으로 도둑이 많이 들었다. 한 번은 도둑이 우리 집 진입에 성공한 적이 있는데, 훔쳐 간 물건이 겨우 아버지 은수저 하나였다. 그도 그럴 것이 훔쳐 갈 만한 물건이 없었다.

나는 아버지 병원을 사랑했다. 아직도 빨간 벽돌로 만든, 지금은 허물어진 건물 사진을 보면 기분 좋은 감상에 빠져든다. 예쁜 벽돌 위에 누가 '마지막 한정 세일!' 같은 요란한 포스터를 붙이면 그렇게 화가 났다. 그래서 나는 주인 의식을 가지고 이런 포스터를 떼고는 했다. 그러면 금세 누가 다시 붙이고 내가 또 떼고 했다. 하교 후 딱히 놀 거리도 없으니 하는 일이 이런 것이었다.

양씨 성이라서 병원 이름도 '양 내과 의원'이었다. 이와는 별개로 예쁜 양을 그려 병원 로고로 간판에 달았는데, 빨간 벽돌과 잘 어울려 우리 병원의 상징처럼 되었다. 지하에는 어머니가 '어린 양'이라는 작은 다방도 운영했다. 하지만 양 로고 때문에 사람들이 동물병원으로 착각하는 웃지 못할 에피소드도 많았다.

다시 말하지만 나는 이 병원을 사랑했다. 가정집까지 올라가려면 병원을 반드시 통과해야 했는데, 병원 특유의 소독약 냄새가 언제나 강했다. 처음에는 내 구토 중추를 건드리는지 자주 토했다. 그런데 자주 맡다 보니 냄새 자체는 나쁘지 않았다. '사람들을 낫게 하는 약에서 이런 냄새가 나는구나.' 하는 생각이 들자 더 좋아졌다.

대기실에는 항상 환자가 북적거렸다. 어렸지만 대기 환자를 보며 아버지가 이 많은 사람들을 도와준다는 자부심이 있었다. 그래서 가끔 아버지를 보러 가면, 간호사 누나가 대기 순서를 무시하고 들어오라고 해도 거절했다. 언제나 줄을 서서 아버지를 만났다. 모범적인 대한의 어린이라기보다는 아버지의 중요한 일을 방해하지 않고 싶어서였다.

어쩌다 가족이 외출하면 아버지는 이 사람 저 사람한테 인사하느라 바빴다. 여기서 인사하고, 얼마 못 가서 또 인사하고 이런 식이었다. 알고 보면 친구들도 아니었다. 다 아버지 환자였다. 어릴 때는 정상적으로 길을 다닐 수가 없으니 짜증이 나곤 했지만, 나이 들어 보니 그분들에게 고마운 마음이 들었다. 나는 오랜 기간 대학에서 수학했고, 어머니는 내게 드는 학비를 '향토장학금'이라고 했다. 결코 틀리지 않은 말이다. 그래서 나는 내 고향 대전을 사랑한다. 특히 아버지 병원에 많이 들러 주셨던 중구 시민에 대한 고마운 마음이 크다. 지금은 사라지고 없는 병원이지만, 내 기억에 모두 예쁜 추억으로 살아 있다.

아버지는 자기 일을 사랑했다. 밤늦게까지 자주 서재에 불을 밝히곤 했는데, 가서 보면 아버지가 몇 천 페이지짜리 무거운 내과 교과서를 들고 읽고 있었다. 한 번은 하도 그 광경이 특이해서 물어보기도 했다. "아버지는 공부가 그렇게 좋아요?" 하고 물으면 당신께서는 내 눈도 안 쳐다보고 대답했다. "응, 재밌어."

그런 아버지가 좋아하는 일도 굴곡이 있었다. 경제적 어려움도 있었고 억울한 일도 당했다. 내가 대단하다고 느끼는 것은 한 번도 어린 내가 느낄 정도로 내색한 적이 없다. 그런데 딱 한 번 굉장히 기분이 나빠 보인 적이 있었는데, 분노도 아니고 싸늘한 느낌이 뭔가 이상했다. 나는 어린아이답게 눈치도 없이 계속 그 이유를 물었으나 답을 들을 수 없었다. 그리고 그 이유를 나중에 어머니에게 들었다.

환자 하나가 왔다. 노숙자였고 나름 병원에 온다고 오래

간만에 씻고 시설에서 깨끗한 옷을 얻어 입고 왔다. "나는 길에서 삽니다. 비싼 치료는 못합니다." 아버지는 알았다고 하고 그를 진찰했다. 만성적인 기침이 있다고 했다. 청음은 나쁘지 않았다. 엑스레이를 찍었다. 큰 덩어리가 보였다. 폐암이었다. 당연한 말이지만 폐암을 작은 의원에서 고칠 수는 없다. 상급 병원에 의뢰할 법한 일이다. 아버지는 일단 환자에게 병명을 알렸다. "그렇군요. 제가 폐암이군요." 환자는 고개를 숙이고 잠시 깊은 생각에 잠겼다. 그리고 곧 옷을 주섬주섬 챙겨 나가며 말했다. "알려 주셔서 감사합니다." 아버지는 상급 병원 소견서를 써 그에게 억지로 쥐어 줬다. 그는 다시 한번 "고맙습니다." 하고 말하고 나갔다. 그런데 퇴근할 때 보니 그 소견서가 접수대에 있었다고 한다. 일부러 두고 간 것이다.

살기 싫은 사람은 없다. 죽는 순간까지도 순순히 받아들이는 사람도 드물다. 그런데 그는 죽을지 살지도 모르는데, 그 길에서 바로 죽음으로 가기로 결정했다. 노숙자로 살아온 고난의 시간은 산 인간의 마지막 욕망까지도 온순하게 만들었다.

나는 그때 알았다. 의사의 기분을 상하게 하는 것. 그중 제일은 환자의 죽음이다. 그중에서도 별다른 시도도 못해 본 죽음이라면, 정말이지 기분이 더럽지 않을 수 없다.

여느 아들은 자신이 자식을 낳으면 그때서야 아버지를 이해한다고들 한다. 나는 그 말에 절반만 동의한다. 나는 의사의 아들이기 때문이다. 수많은 타인의 죽음을 살며 일하며 겪었던 아버지를, 나는 내과 의사가 되어 내 환자를 잃고서야 비로소 이해할 수 있었다.

환타와 코드 블루

"오늘은 왠지 별일 없을 것 같다"는 내 말은
정말이지 엄청난 실언이었다

———

오전 8시

1번 베드: 최□□ (남/84)

　　호흡기내과: 폐렴

2번 베드: 김○○ (여/83)

　　신장내과: 감염성 장염, 위장관 출혈(?)

4번 베드: 안△△ (여/66)

　　호흡기내과: 폐렴

5번 베드: 변□□ (남/83)

　　호흡기내과: 흡인성 폐렴, 파킨슨병, 치매

7번 베드: 최○○ (여/81)

신장내과: 급성 신부전, 감염성 장염

8번 베드: 노△△ (여/65)

소화기내과: 소화성 궤양 천공, 역류성 식도염, 당뇨
병, 만성 신부전, 고혈압

9번 베드: 김ㅁㅁ (남/82)

호흡기내과: 폐렴, 심방세동

나는 별 내용 없는 환자 명단 종이 한 장을 손에 들고 펄
럭이며 콧노래를 불렀다. 오늘따라 중환자실로 통하는 긴
복도에 들어서는 기분이 좋았다. 이례적으로 중환자실 환
자들의 상태가 나쁘지 않았기 때문이다. 이 복도는 수술실
에서 나오는 중환자를 빨리 중환자실로 들이기 위해 만든
일자형인데, 예전에는 한 걸음 한 걸음이 상태 나쁜 환자들
에게 가까이 가는 힘든 시간을 의미했다. 하지만 오늘은 달
랐다. 입원 환자 수는 총 일곱으로 감당할 만한 숫자였고,
모두 그다지 심하지 않은 증세, 문제가 있더라도 모두 예측
가능한 것들이었다. 오늘은 별문제 없이 잘 넘어갈 것 같은
기분 좋은 시작이었다.

"간호사 선생님들, 좋은 아침입니다!"

"뭐야, 선생님 오늘 왜 이렇게 기분 좋아요?"

"하하하. 왜 좋겠어요? 오늘 왠지 별일 없을 것 같은 날 아닙니까? 새로운 환자 하나 없을 것 같은 기분!"

"아니, 그게 무슨 망언이에요! 그런 막말하지 말아요!"

"아녜요. 오늘은 진짜 별일 없을 거예요. 저는 미신 같은 것 안 믿으니까!"

현대 과학의 꽃인 의학을 다루는 의료인들이 왜 그러는지 모르겠지만, 거의 모든 병원에 미신적 금기나 법칙이 있다. 예를 들면 '환자가 적다, 별일 없다' 이런 말을 하면 그 즉시 환자가 몰려 들이닥치거나 심각한 사건들이 터지는 일, 이상하게 환자를 많이 보거나 중환자를 맡는 동료가 있다면 그를 '환타 선생'으로 지정하는 일들이다. 이는 '환자를 탄다'는 은어를 줄인 말로, 삼국지에서 관우를 수술한 중의학의 전설 '화타 선생'급으로 환자를 끄는 힘이 있다는 대우를 받는다. 오늘 이상하게 많은 일이 생기는데 만일 '환타 선생'이 당직이라면, 환자가 많은 이유가 명백히 설명이 가능하다. 바로 '환타 선생'이 강림했기 때문이고, '환타 선생'이 모든 현상의 주범이다. (독자 분들도 눈치채셨겠지만 결코 긍정적인 의미에서 쓰이지 않고 힘든 노동의 원흉을 장난스레 비난하기 위해 쓰인다.)

　나는 전공의 1년 차 때 유명한 환타였는데 실제로 내가 무슨 일을 맡기만 하면 일이 터졌다. 누구는 편하게 공부할 것 다 하며 근무하고, 나는 항상 하루 종일 이리 뛰고 저리 뛰고 하다가 막판에는 쓰러질 정도이니 상대적 박탈감이 컸다. 덕분에 실력이 는다는 장점도 있었지만 지쳐 누운 당시에 그런 긍정적 효과를 알아챌 리 없었다. 교수 중에서도 전직 환타가 있었는데, 그분과 내가 팀이 되었을 때 환자수가 갑자기 폭증하자 "양 선생이 문제 아닌가?" "아닙니다. 교수님 기운 같습니다." 하며 서로를 탓하기도 했다. 아무튼 환타로 소문난 내가 "환자들이 안정적이니 좋다."는 말을 했으니 간호사들이 불안할 만도 했다. 그럼에도 나는 좋은 감정을 숨기고 싶지 않았다. 오늘은 정말 좋을 것 같은 시작이었으니까. 날씨도 따뜻했고 응급실 내원 환자도 수가 적어 안심이 되었다.

　내가 일하는 병원은 중환자실 입구로 들어서면 좌우 방향으로 내과계와 외과계 중환자실로 나뉜다. 내과 환자들은 대부분 내과계로 입원하지만 자리가 다 차면 건너편 외과계로 가기도 한다. 둘 사이 간격은 대략 삼십 미터 정도 된다. 오늘 내과계 중환자실은 내과 환자 일곱 명과 신경과 환자 세 명이 있고 세 자리나 비어 있는 여유가 있었다. 나는 콧노래를 부르며 중환자실 컴퓨터 앞에 앉아 커피까지 내려 마시며 환자 파악을 하고 처방을 냈다. 한참을 그렇게 보내고 있는데 전화가 걸려 왔다. 호흡기내과 교수님이었다.

"네, 교수님. 어쩐 일이십니까? 오늘 토요일이라 출근 안 하시는 날 아닙니까?"

"병동에 서○○님이라고 너 알지? 요 며칠 숨 쉬는 게 영 불안했거든. 1년 차한테 전화 왔는데 오늘 역시나 별로고 더 나빠지실 것 같다. 이러다 호흡 부전 오면 안 되니까 네가 좀 보다가 오늘 기도 삽관 고려해 봐."

"알겠습니다."

6번 베드: 서○○ (남/75)

호흡기내과: 폐렴

나는 명단의 공백에 쓱쓱 하고 환자가 내려온다는 표시를 했다. 내 전화를 옆에서 듣고 있던 간호사가 "선생님이 아까 새로운 환자가 없을 것 같다느니 그런 말을 하니까 바로 내려오잖아요." 하고 농담처럼 던졌다. 나는 "이젠 그런 일 더 없을 거예요. 이 환자도 기도 삽관 하고 땡인데 뭘."이라고 대답했다. 진심이었다. 이때까지만 해도 진짜 그럴 줄 알았다.

조금 시간이 지나자 전화받았던 환자가 전실해 왔다. 듣던 대로 호흡이 불안해 바로 기도 삽관을 해야 할 것 같았다. 바로 진정제를 투여하고 자세를 잡고 도관을 기도로 넣었다. 기계 호흡을 연결하고 상태를 환자 개별 맞춤으로 설정했다. 하지만 경과는 봐야 했다. 개별 맞춤이 계산된 값으로 정한 것이기는 하지만 적절하지 않은 경우도 왕왕 있기 때문이다. 나는 한 시간 정도 후 경과를 보기로 결정 내렸다.

그때였다. 전체 원내 방송이 크게 울렸다.

"코드 블루, 코드 블루. 심혈관 촬영실."

심혈관 촬영실이면 중환자실 바로 옆이다. 밖으로 우당탕탕 나를 제외한 내과 의사들이 뛰는 소리가 들렸다. 궁금했지만 나는 중환자실을 지켜야 했기에 나가 볼 수 없었다. 옆에서 간호사들이 이 상황에 대해 대화를 나눴다.

"저 코드 블루 뭐야?"

"아까 응급실에 있던 흉통 환자 같은데? 심도자술 하다가 어레스트(cardiac arrest: 심정지) 났나 봐."

"응급실에 흉통이 있었어? 난 전혀 몰랐네."

"우리 베드 둘 비었나? 저기 배정하면 되겠네."

나는 이때부터 심란해지기 시작했다. 원내 심정지, 살아난다면 무조건 중환자실로 실려 온다. 어깨만 무거워지면 다행인데 불안하기까지 했다. 밖으로 나가 볼 수가 없으니 어떤 상황인지 알 수가 없었다. 누가 심혈관실에 가 있는지도 모르니 아무에게나 연락할 수도 없고, 기록이라야 '흉통' 밖에 없는 응급실 차트 외에는 환자 파악에 참고할 자료가 없었다. 인계받기 전까지 어떤 환자일지 눈 감은 상태로 기다려야만 하는 심정이 불편했다. 옆에 있던 간호사가 "그러게 아까 왜 쓸데없는 말을 해 가지고."라며 타박했다. 나는 "그러네요. 내가 왜 그런 말을 했을까요."라고 한숨을 쉬며 대답했다.

답답한 마음으로 앉아 있는데 내 옆으로 뭔가 서 있는 이상한 느낌이 들었다. 고개를 살짝 돌리니 1년 차 한 명이 내 기분이 저기압인 걸 알아채고 슬슬 눈치를 보며 쭈뼛거리고 있었다.

"뭐야, 중환자실 전실 인계하러 왔나요? 벌써 심혈관실 상황 끝났어요?"

"중환자실 전실 인계는 맞는데요. 심혈관실 심폐소생술 환자는 아닙니다."

"새로운 환자가 또 있다고요?"

아무리 '실언'이라지만 한 시간도 채 안 되었는데 벌써 세 명째라니! 이번에 내려올 환자는 며칠 전 호흡이 불안해 중환자실에서 며칠 경과를 보다 병실로 올라간 오십 대의 심한 간질성 폐질환 환자였다. 1년 차에 따르면 기계 호흡에 의존할 가능성 때문에 지금껏 아껴 왔는데, 역시나 기도 삽관을 다시 고려할 상황이 된 것이었다. 인계를 받고 있는데 환자가 실려 왔다. 삐삐 마르고 키 작은 남자였다. 환자는 고농도 산소를 걸고 침대째 실려 왔다. 숨 쉬는 양상이 불안한 건 사실이었지만 숨 넘어 가기 직전의 상황은 또 아니었다. 언제 기도 삽관을 해야 할지 잘 판단이 서질 않았다. 1년 차에게 이 점을 물었더니 "교수님은 오늘 중으로 기도 삽관을 하는 게 좋겠다고 하십니다."라고 대답했다. 나는 지금 심혈관 촬영실에서 심폐소생술을 하고 있는 환자가 급하니, 그 환자를 파악하고 기도 삽관을 해야겠다는 생각을 했다. 그렇게 명단에 한 줄이 더 생겼다.

3번 베드: 김△△ (남/55)

호흡기내과: 간질성 폐질환

오전 10시

또 휴대전화가 울렸다. 모르는 번호였다. 나는 웬만한 원내 번호는 다 가지고 있었지만 외래 번호만은 아니었다. 보통 외래는 교수 진료실로 연결되므로 환자를 보고 있는 바쁜 방으로 전화 걸 일은 없기 때문이다. 임상적 조언을 구하거나 용건이 있다면 거의 항상 직접 방문해야 했다. 그런데 외래에서 직접 전화가 왔다는 건 필시 중요한 할 일이 생겼다는 것, 아마도 새로운 환자일 가능성이 높았다.

"양 선생, 내가 방금 정형외과에서 전화를 받았는데 뭐 급한 환자가 있다나 봐? 우리 투석하는 아주머니라고 하고, 변비로 관장 여러 번 했고 오늘 구불결장 내시경 한다는데, 상태가 어떤지 내가 지금 가서 보기는 좀 어려울 것 같거든? 소화기내과에서 와서 하는 얘기 좀 들어 보고, 여튼 전과는 받아 주기로 했는데 오늘 좀 잘 봐 줘."

"네, 알겠습니다."

대답은 했지만 좀 버거운 기분은 있었다. 지금 내려온 그리고 곧 올 환자까지 감안하면 오늘 할 일은 차고 넘칠 것 같았다. 나는 내 능력이 달릴 수도 있단 생각이 들어 재빨리 내과 의국 동기에게 전화를 걸어 구원을 요청했다.

"동기사랑, 동기사랑. 나 좀 도와줘. 오늘 오후에 일정 있냐?"

"지금은 별 이벤트 없는데요. 이따가는 여자친구랑 영화 보기로 했고요. 형, 무슨 일 있어요?"

"오늘 망한 것 같아. 환타 주제에 내가 '오늘 환자 없다!'고 주절거려서. 빨리 좀 내려와서 도와줘."

"지금 갑니다."

전화를 마칠 즈음 저승 입구에서 돌아온 코드 블루 환자가 급하게 실려 들어왔다. 가장 긴장되는 환자였다. 그런데 그의 침대를 끄는 이송 요원은 내가 있는 내과계 중환자실이 아닌 외과계로 바퀴 방향을 돌려 갔다. 나는 옆 간호사에게 이유를 물었다.

"여기 자리 있는데 왜 외과계로 가죠?"

"아까 정형외과에서 전과 올 사람 입실하니깐. 그 사람 우리 내과계 중환자실로 배정했어요."

그때 1년 차 레지던트가 뛰어왔는지 숨을 턱에 달고 나타났다.

"역시 심근 경색이었어요. 아까 코드 블루 뜨긴 했는데 다행히 압박 없이 곧 회복됐어요. 좌측 메인에 스텐트 넣었고요. 한 번씩 심실 조기 수축이 지나가긴 하니까 리듬 유의해서 보십시오."

그렇게 오래 환자를 기다렸는데, 인계해 주는 1년 차는 짧게 끝내고 중환자실을 홀홀 떠나버렸다. 아마도 응급실 때문에 바빴을 것이었고, 솔직히 말하면 나도 인계가 길어지면 듣고 있을 마음의 여유는 없었다. 명단에 또 한 줄이 생겼다.

외과계 7번 베드: 오○○ (남/65)

심장혈관내과: 심근 경색

오전 11시

바로 온다던 동기 녀석이 생각보다 늦고 있었다. 그 녀석은 워커홀릭이다. 회식 끝나고도 환자 한 번 더 보러 오고, 퇴근하고 새벽에도 가끔씩 차트를 열어 보는 그런 의사였다. 지금까지 안 오는 건 뭔가 밖에서 다른 일을 하고 있을 가능성이 높았다. 혹시나 하여 중환자실 밖으로 나가 보니 역시나 정형외과에서 온 환자를 자기가 인계받고 있었다. 그는 나를 보더니 자기가 파악한 모든 내용을 정리해 풀어 놓았다.

"형, 뭔가 이상해요. 잘 파악이 안 되는 환자예요. 말기 신장병으로 혈액 투석 월수금 하시는 분이라는데, 그래서 신장내과로 전과 의뢰 온 거고요. 일주일 전에 골절로 정형외과에서 수술하셨고 이후에 누운 상태로 지냈는데, 원래 만성 변비가 있었대요. 하던 대로 관장했는데 변비 여전하고 복통도 있고. 환자 원해서 구불결장 내시경을 아까 했는데 별건 없었다네요. 엑스레이는 관장 시작 전인 삼 일 전에 하고 그다음 경과는 없고요. 근데 너무 배 아파하네요. 원래 이 정도는 아니었대요. 장음은 그저 그런데. CT 고려해 볼래요?"

"그래, 뭐. 일단 엑스레이 찍어 보지. 안으로 들이자."

12번 베드: 정ㅁㅁ (여/85)

　　정형외과 (신장내과 전과 예정): 말기 신장병, 원인

　　불명 복통.

　한편 환자를 데리고 온 정형외과 레지던트는 홀가분해 보였다. 그로서는 이런 환자를 데리고 있는 것이 꽤나 신경 쓰이는 일이 아닐 수 없었다. 이제 내과로 전과를 가면 (해결해 줄 수도 없는데) 배 아프다는 말을 더 안 들어도 되니 비교적 마음이 가벼울 것이다. 안도하는 그 앞에서 나는 보호자에게 중환자실 입실과 관련해 이런저런 설명을 했다. 그 동안 동기 녀석은 인턴이 올 때까지 채혈을 기다리지 말자며 직접 채혈용 주사기를 들었다. 동맥을 찾기 위해 환자의 서혜부를 짚는 순간, 그는 눈을 휘둥그레 뜨며 내 쪽으로 고개를 돌렸다.

　"형, 잠깐만! 전과받지 말아 봐요."

　"갑자기 왜 그래?"

　"여기 만져 봐요."

나는 그의 손가락이 짚는 부위를 만졌다. 깜짝 놀랄 만한 느낌이었다. 물렁한 살이 아니었다. 수많은 공기 방울이 살 속에 묻혀 터지고 있었다. 피하 공기증! 뱃살과 허벅지살로 파고든 이 공기 방울은 어디선가 새어 나온 것이다. 몸 안에서 샌다면 어디서 오는 걸까? 가장 가능성 높은 곳은 장이었다. 장 어딘가에 구멍이 난 것이다.

"말 되네. 정형외과에서는 처음 복통의 원인이 변비라고 봤어. 그간 만성 변비가 있었으니 그리 생각하는 것도 무리는 아니지. 하지만 며칠간 관장까지 했는데 변비가 해결되지 않을 리는 없어. 장이 늘어난 것이 문제가 아니라, 복막염이 복통의 원인이었을 거야. 빨리 CT 찍고 랩(피 검사) 결과를 보고 싶어지는군."

"장 천공이 문제라면 언제 구멍이 난 걸까요? 처음부터 변비가 아니라 장이 뚫렸던 거라면 분명 관장이 더 악화시켰겠네요."

"게다가 오늘 내시경도 했잖아. 내시경 하면서 공기가 들어갈 테니 더 아플 수도 있지. 그리고 네 말대로 장 천공으로 생긴 복막염이라면 외과에서 응급 수술해야지. 내시경에서도 안 보였으면 작은 구멍이었을 것 같아. 어쨌든 빨리

CT는 찍어 봐야겠네. 우리 과에서 받을 만한 환자가 아닌 건 확실하고 말이지. 정말 고맙다. 환자 잘 봤네."

"빨리 정형외과 측에 일반 외과 접촉해서 수술 잡으라고 하죠."

나는 정형외과 레지던트에게 내 의중을 설명했다. "장 천공으로 인한 복막염, 패혈증으로 가면 환자는 죽는다. 빨리 수술해야 한다." 그는 사색이 되어 일반 외과 외래로 달렸다. 분명 방금 전까지 내과로 보낼 생각에 안도했겠지만, 전과가 무산되면서 CT도 찍어야 하고 수술방도 잡아야 하고 그가 할 일이 많이 생겼다. 나는 그동안 환자를 보러 갔다. 정형외과 환자지만 패혈증 같은 내과적 문제는 내가 봐 주는 것이 환자를 위해 좋은 일이기 때문이다.

그런데 혈압이 떨어지고 있었다. 극도로 심한 패혈증이 쇼크로 이어지는 모습이었다. 이럴 때는 수액을 때려 부어야 하지만 투석 환자니 투석을 하지 않으면 체액이 빠져나올 구멍이 없다. 게다가 숨 쉬는 것도 편해 보이지 않았다. 수액을 주면 몸이 붓고 폐에 물이 찬다. 하지만 방법이 없었다. 나는 환자가 더 나빠지기 전에 빨리 CT를 찍어야겠다는 생각을 했다. 불안했다. 강박적인 기분도 몸을 지배하기 시작했다. 결국 일주일이나 끊었던 버릇이 도져 버렸다. 나는 누운 환자를 앞에 두고 쉴 새 없이 손톱과 입술을 물어뜯었다. 치료는 내 기대를 충족하지 못했다. 혈압이 올라가지 않았다. 나는 결국 승압제까지 달기로 결정했다. 혈관이 나빠 주사제를 연결하려면 여러 번 찔러야 하는 환자에게 또 약 하나를 달 생각을 하니 영 기분이 좋지 않았다.

정오

"양 선생님, 새추레이션(산소 포화도)!"

CT 촬영을 하고 온 환자가 또 나빠지기 시작했다. 환자의 지속 생체신호 모니터링에 새로운 악신호가 떴다. 혈압이 떨어지기 시작한 것이다. 더 미룰 필요가 없었다. 기도 삽관을 해야 했다. 그즈음 중환자실로 아직 퇴근하지 않은 내과 의사들이 하나둘 모여들기 시작했다. 환자가 나빠진다는 소문이 병원 내에 난 모양이었다. 안도의 마음이 들었다. 내가 뭐라도 실패하면 주위의 동료가 도와줄 거라는 생각이 들었기 때문이다.

나는 당시 거의 매일 기도 삽관을 시행하던 차였다. 대부분 응급 상황이었기에 할 때마다 실패의 두려움이 없지는 않았지만, 그래도 나름 내 손기술에 믿음이 있었다. 주위에서도 정말 잘한다고 추켜세워 주기도 할 정도였으니 당연히 자신감은 있었다. 하지만 이 환자는 조금 달랐다. 고도의 비만에 목이 짧아 기도가 잘 보이지 않을 가능성이 높았다. 쉽지 않아 보였다.

나는 환자의 입을 열고 쇠로 된 걸개를 기도 위쪽으로 집어넣었다. 과연 후두덮개를 정확히 걸어 올렸음에도 기도가 잘 보이지 않았다. 예상대로 쉽지 않았다. 두세 번의 실패가 연달아 발생했다. 나는 뻘뻘 땀을 흘렸다. 옆에서 보던 내과 레지던트 동기가 내게 말했다.

"형, 내가 한번 해 볼까요?"

"그래, 손 바꾸자. 잘 부탁해."

고전하는 나를 돕겠다는 그의 심리는 다음과 같다. 나에 대한 선의나 환자를 위한 생각도 있겠지만 가장 우선되는 것은 과학자로서의 마음이다. 의사는 기본적으로 치료자이기 전에 의과학자다. 이 과학자들은 풀지 못하는 문제나 해결 못하는 과학적(의학적) 난제를 보면 흥분한다. 공을 보면 물어야 직성이 풀리는 여느 강아지처럼, 어려운 일을 해결하고 싶은 순수한 의지가 마음 깊은 곳에 발동하는 것이다.

즉 그가 날 돕고 싶은 마음은 도전 의식이다. 이 마음은 비록 한 줌의 선의가 없다 하더라도 언제나 도움이 되는 좋은 것이다.

그 역시 숨길이 들어갈 구멍을 찾지 못했다. 이어 다른 내과 의사들이 자기에게 넘겨 보라고 서로 손짓했다. 다들 자기만은 다를 것이라는 자신감이 있었다. 결과는 실패, 실패, 실패, 실패. 마취과까지 연락해 도움을 요청했지만 결과는 같았다. 환자는 그동안 불안한 산소 포화도를 유지하고 있었다. 기도 삽관이 안 되니 급한 대로 후두 상방까지만 접근하는 아이겔 튜브를 박아 넣고 기도를 유지했다. 이 경우라면 기계 환기를 할 수가 없어 인턴이 직접 고무로 된 앰뷰백을 짜야 한다.

"이런, 환자가 너무 안 좋네."

수술을 집도할 외과의가 중환자실에 나타났다. 어차피 응급 수술할 환자였기에 빨리 그에게 넘기고 싶었던 차에, 반가운 마음이 들었다.

"네, 교수님. 지금 기도 유지가 안 되어 앰뷰배깅으로 버티고 있는데 최대한 빨리 기도 삽관 해 보겠습니다. 조금 후에 응급의학과에서 와서 도와주기로 했습니다."

"CT 봤는데 선생 말대로 장 천공이 맞아. 다만 투석도 하는 환자고, 보호자들에게 잘못될 가능성을 충분히 경고해야겠네. 그리고 선생한테 부탁이 있어. 혈장 PT-INR(혈액을 응고시키는 혈전 생성에 걸리는 시간)이 너무 늘어나 있어. 출혈 경향이 심하니 FFP(fresh frozen plasma: 신선 동결 혈장)를 몇 개 주고 조절 좀 해 줘. 이 정도면 칼로 째는 족족 지혈이 안 되어서 배 속을 피바다로 만들어 버릴 거야."

"알겠습니다."

호기롭게 대답했지만 이미 너무 많은 약이 들어가고 있었다. 주렁주렁 달린 수 개의 수액줄이 이를 반증했다. 가장 큰 문제는 더 이상 찌를 데가 없다는 점이었다. 혈관이 너무 나쁜 환자였다. 나는 중심정맥관을 삽입하기로 결정했다. 굵은 바늘을 큰 정맥으로 바로 찔러 넣어 주사제가 제대로 들어갈 경로를 확보하는 것이다. 만에 하나 바로 옆에 있는 동맥을 한 번이라도 찌르면 대량 출혈이 발생할 수도 있었다. 출혈을 막기 위해 출혈을 감내해야 하는 이 상황에 쓴웃음이 났다. 하지만 나는 그 어떤 마음이나 감정이 들어도 환자 앞에서는 드러내지 않아야겠다는 생각도 했다. 어쨌거나 목숨을 건 사람은 내가 아니라 환자였기 때문이다.

오후 2시

장 천공 환자의 베드 넘버는 12였다. 다른 새로운 환자도 네 명이나 됐지만, 가장 상태가 나쁜 12번 구역을 벗어날 수가 없었다. 점심도 못 먹었지만 배고프지는 않았다. 앰뷰백을 짜고 있는 인턴도 이젠 지쳐 가고 있었다. 한 시간도 넘게 앰뷰백을 짜고 있으니 손에 쥐가 날 지경이었을 것이다.

그동안 응급의학과에서도 기도 삽관을 시도했다. 그들 역시도 몇 번을 실패했다. 하지만 극심한 상황에서 많이 해 본 경험 때문인지 결국에는 삽관에 성공했다. 이제 인턴 선생은 앰뷰백을 내려놓을 수 있었다. 나는 그에게 정말 수고했다고 등을 두드렸다. 수술방에 보낼 수 있는 상태가 되자 이제 마음이 놓였다. 나는 긴 한숨을 내쉬고 컴퓨터 앞 의자에 몇 시간 만에 처음으로 앉았다. 그때 한 간호사가 내게 한 마디를 던졌다.

"너무 바빠 보여서 말씀 못 드렸는데, 우리 3번 환자 기도 삽관 언제 해 줄 거예요?"

"아, 맞다!"

결국 나는 일 분도 채 못 앉고 다시 일어나 3번 베드가 있는 곳으로 향했다. 환자가 힘들어하며 숨 쉬고 있었다. 나는 미안한 마음이 들었다. "이제 제가 편하게 해 드릴게요."라고 말하고 약으로 그를 재웠다. 나와 간호사는 필요한 키트를 준비하고, 그의 입을 열고, 후두덮개를 열고, 튜브를 기도 안으로 밀어 넣었다. 12번 베드에서 기도 삽관 때문에 점심 내내 고생해서인지 굉장히 수월하게 느껴졌지만, 계속되는 사건에 몸이 슬슬 지쳐 가고 있었다.

"제가 할 말은 아니지만, 이제는 좀 피곤해지려고 하네요."

"그러게 아침에 왜 그런 말을 해 가지고요. 환타면 환타답게 언행을 조심하세요."

"무슨 말씀을! 이 환타가 다 살린다!"

나는 일반적이지 않은 고성으로 나를 깨웠다. 긴 하루를 어떻게든 버텨야 했고, 지친 마음에 기운을 불어넣기 위해서였다.

그때 저 멀리 외과계 중환자실에서 "양 선생님! 빨리 이쪽으로 와 봐요!"라고 누군가 소리쳤다. 나는 외과계 방향으로 복도를 뛰었다. 등 뒤로 방금 이야기 나눈 간호사 목소리가 들렸다.

"가서 환자 잘 살려 주세요, 환타 선생님."

"심실 빈맥이에요. 여기 충격기!"

오전 코드 블루의 주인공이 결국 사고를 치고야 말았다. 내가 달리는 요 몇 초간 이 능숙한 간호사는 이미 모든 준비를 마치고 젤리 바른 전기 충격기를 건넸다. 나는 양손의 버튼을 길게 눌러 충격기를 충전했다. 신호음이 울리자 환자의 가슴 양쪽에 충격기를 대고 소리쳤다.

"차지. 모두 클리어, 치겠습니다."

프슉 하는 소리를 내며 전류가 환자의 몸통으로 빨려 들어갔다. 환자의 허리가 가볍게 들렸다. 나는 바로 모니터를 확인했다. 심장은 제 리듬을 찾지 못했다. 간호사들의 아아 하는 탄식이 들렸다. 더 많은 전류가 필요했다. 이번에도 클리어, 쇼크. 전류 들어가는 소리는 마치 기계음으로 된 천사의 휘파람 같았다. 심장이 정상 리듬을 되찾았다. 아아 하는 한숨이 들렸지만 이번에는 안도의 날숨이었다. 나는 잠시 환자를 지켜보다가 다른 환자들이 있는 내과계 중환자실로 발길을 옮겼다.

오후 4시, 그 후의 일

오전 내내 함께 고생한 간호사들이 짐을 싸고 있었다. 삼

교대 근무 중 저녁 근무(이브닝 턴)가 시작되는 시간이었기 때문이다. 이브닝 간호사들이 오전부터 있던 많은 일들을 인계받으며 고개를 절레절레 저었다. 오전 시간 간호사들은 인계 중간중간 "이게 다 주치의가 쓸데없는 말을 해서." 라는 첨언을 빠뜨리지 않았다.

나는 그즈음 완전히 탈진해서 의자에 눕듯이 앉아 있었다. 여기저기서 터져 나오는 불길을 정신없이 잡다 보니, 기계 호흡을 하는 환자들을 신경 쓰지 못해 수치 조절이 엉망이 되어 있었다. 나는 일 분 쉬고 오 분 교정하는 방식으로 버티고 있었다. 새로 온 환자들은 불안할지언정 어떻게든 잘 버텨 주고 있어 다행이었다. 간호사들은 그런 나를 딱하게 생각하는 한편, 환자의 상태 악화도 걱정했다.

그녀들의 걱정은 일리 있는 것이었다. 저 멀리 외과계 중환자실의 환자는 이후로 심폐소생술을 두 번이나 겪어야 했고, 내과계에서도 심폐소생술이 한 차례 있었다. 오늘 기도 삽관을 한 환자 모두는 산소 교통이 잘 되지 않아 포화도 하락을 경험했고, 그중 한 명은 진정제 '약발'이 떨어질 때쯤 깼는데, 목구멍에 들어가 있는 관을 느끼고 놀라 뽑아 버렸다. 당연히 호흡 곤란이 다시 시작됐다. 그런데 한 번 놀란 환자의 재삽관은 여간 쉽지 않았다. 나는 이 때문에 한 시간을 넘게 썼다.

사건이 하나둘이 아니었다. 나는 여러 번의 심폐소생술 때문인지 오후 늦게부터 요통을 느꼈다. 시간이 지나 밤이 되자 다리까지 저려 왔다. 지병인 허리디스크가 악화되었다는 확신이 들었다. 나는 병동에 굴러다니는 진통제를 아무렇게나 입안에 털어 넣고 밤늦게까지 환자를 봤다. 요통은 나아질 기미가 없었다. 그러다가 신기한 기분을 느꼈다. 몸은 점점 지쳐 가는 한편 기분은 좋아지는 이상한 경험이었다.

아마도 새벽녘, 안 좋았던 환자들 상태가 모두 안정화되어서였을 것이다. 그래, 의사라면 원래 다 그런 거다. 내 환자가 좋아지면 힘들어도 기분 좋아지는 단순한 인간이 바로 의사다. 아침에 내가 한 말, 완전히 틀리진 않았다. '별일 없을 것 같은 기분'. 조금 다른 의미지만, 환자에게 별일 없었다면 그걸로 된 것이었다.

교대를 마치고 집에 가는 간호사가 한 말이 기억났다. 그녀는 환타의 실언을 기억하고, 따뜻한 작별 인사를 남겨 주고 떠났다.

"다들 너무 걱정하지 마. 환타 선생님이 다 살려 준다고
했어. 파이팅!"

참으로 고마운 말이었다.

어떤 각오

죽음은 쉬이 잊히지 않는다
앞으로도 결코 익숙해지지 않을 것 같다

———

아침 첫 수술로 기억한다. 뭐가 좀 안 좋았는지 집도의가 평소보다 오래 수술을 했다. 나는 수술 보조의로 들어갔는데, 오래 서 있다 보니 완전히 힘이 다 빠져 버렸다. 게다가 집도의가 그날따라 짜증을 많이 냈다. 워낙에 무서운 상사였으므로 내 피로를 내색할 수 없었다.

나는 수술이 끝나고 탈의실을 겸비한 전공의 전용 휴게실로 나왔다. 오늘따라 걸터앉을 공간이 하나 없을 정도로 휴게실 안이 붐볐다. 빨리 옷만 갈아입고 나가기도 힘들 정도였다. 그런데 분위기가 조금 이상했다. 전공의들은 쉬는 것 같지 않고 벽에 걸린 티브이를 멍하니 쳐다보고 있었다.

다들 마치 혼이 나간 듯했다. 일부는 속옷만 입은 채로 티브이를 보고 있기도 했다.

뉴스였다. 큰 배 하나가 가라앉았다. 많은 학생들이 타고 있다고 했다. 구조 작업을 하고 있지만 쉽지 않다고도 했다. 뉴스의 제목은 "진도 여객선, 세월호 침몰 사고"였다. 2014년 4월 16일, 뉴스는 하루 종일 대한민국을 뒤집어 놓았다. 그리고 내 마음도 헤집었다. 사망 희생자 가운데에는 내 친구의 이름도 있었다.

그는 그 학교의 선생님이었다. 뉴스에 따르면, 그는 자기 학생들을 모두 탈출시키고 혼자 남아 있다가 변을 당했다. 그의 소식은 짧게 지나갔다. 사상자 속보가 계속 쌓여만 갔다. 하지만 나는 처음 그의 소식을 보고 너무 놀라 새로 뜨는 뉴스는 눈에 잘 들어오지 않았다.

이십여 년 만에 화면으로 보는 그의 얼굴은 앳된 옛날 모습을 그대로 품고 있었다. 나는 예전 생각에 빠져들었다. 우리는 고등학교 입학을 앞두고 같이 기숙학원을 다녔다. 나는 그곳에서 티브이 중독을 완전히 끊게 되어 다행이라고 생각하는 한편, 지금 생각해 보면 후진적인 교육 스타일이

긴 했다. 학원은 상명 복종을 강요하고, 걸핏하면 원생을 때렸다. 비인권적인 행태가 가득한 곳이었다. 그런 시스템을 겪은 그가 학교 선생님이라니 인생은 참 알 수 없다.

우리는 친하게 지내던 사이였다. 우리 둘 사이 각자 친한 친구가 하나 껴 있어, 셋이 항상 어울려 다녔다. 셋 모두 지방 출신이라는 동질감도 있었다. 당시 〈모래시계〉라는 드라마가 큰 인기를 끌었는데, 이 프로그램은 서울·경기 지역에서만 시청할 수 있었다. 서울권 친구들은 휴가만 다녀오면 이 드라마 이야기에 여념이 없었다. 한편 지방 출신인 우리는 그 대화에 낄 수 없었으므로 다른 이야깃거리를 찾아내야만 했다. (내가 고등학교 졸업 후 가장 먼저 한 일이 방송국에 연락해 〈모래시계〉 비디오테이프 한 질을 구매한 것이었다.) 하지만 우리는 세상 모든 것이 즐겁던 어린아이였다. 사방이 시멘트벽으로 막힌 그곳도 알고 보면 소소한 재미로 가득했다. 우리는 감시 카메라가 닿지 못하는 학원 구석에서 간식을 까먹으며 많은 이야기를 나눴다. 퇴소 후 따로 보지는 못했다. 가끔 전화 연락을 할 뿐이었다.

목숨을 걸고 자기 학생을 탈출시켰다는 그의 성품, 예전 그를 생각하면 충분히 가능한 일이었다. 그는 그냥 좋은 사람이었지 좋은 사람처럼 보이고 싶어 하지는 않았다. 한 마디로 이중적인 면이 전혀 없었다. 때문에 그를 잘 알지 못하는 친구라면 속을 전혀 숨기지 않는 그를 가끔 오해하기도 했다. '너무 나대는 것 아닌가?' 하지만 잘 알고 보면 그렇게 순수할 수가 없었다. 오히려 겉으로는 착한 척하며 위선적인 행동을 하는 친구들보다 훨씬 나았다. 그가 좋은 사람임은 더 말할 필요조차 없다고 생각한다. 그의 생애 마지막 행동은 그가 세상 최고로 멋지고 의로운 사람임을 증명하고도 남았다.

젊은 사람들은 자기 젊음이 영원할 것으로 생각한다. 그리고 어느 날 중년 즈음이 되면, 예전 같지 않은 자기 건강을 확인하고는 자신도 노화를 겪고 있었음을 알게 된다. 그 경험이 매일 반복되면 자기도 죽음으로 치달음을 느낀다. 대부분 사람들이 이런 방식으로 죽음을 받아들인다. 죽음을 받아들이는 일은 하물며 죽기 직전의 사람에게도 쉽지 않은 일이다. 그래도 흘러가는 시간이 각오를 다지게 해 준다면 그나마 낫다. 그 역시 늙어 죽기를 바랐을 것이다. 안타까운 일이다.

나는 이 일로 큰 충격을 받았다. 오랜 시간 학문 수련에 힘 쓰는 동안 잊고 있던 '죽음'이라는 화두를 지인의 죽음으로, 그것도 젊은 죽음으로 다시금 일깨웠기 때문이다. 친구의 죽음이 시작을 끊었다. 나는 의사가 되어 셀 수 없이 많은 죽음을 겪었다. 이렇게나 많은 죽음을 볼 줄은 몰랐다. 내과 의사는 오늘 말을 나눴던 이가 다음 날 죽어도 일상처럼 받아들여야 한다. 죽음에 익숙해지는 일이 가장 힘들었다.

한 번은 연극을 보러 갔다. 괴질 전염병으로 사람들이 죽어 나가는 내용이었다. 주인공은 의사였는데, 자기 환자를 잃었을 때 그가 환자를 떠올리며 오열했다. "그래! 나도 너를 살리고 싶었어!" 나는 그 장면에서 지나치게 감정을 이입해, 허리를 접고 꺼이꺼이 울었다. 옆에 앉은 아내는 당혹스러워 하면서도 내 경험을 잘 알기에 등을 쓰다듬었다. 죽음은 이렇게 쉬이 잊히지 않는다. 긴 수련 기간을 보냈음에도 앞으로도 결코 익숙해지지 않을 것 같다.

병원에서 내색한 적은 없다. 병원은 마음이 힘든 사람들이 많은 곳이다. 사랑하는 사람의 죽음, 그 이후 어떻게든 살아가야 하는 사람들로 가득한 그곳……. 그 사람들 앞에서 순도 높은 내 감정을 내보일 수는 없는 일이다. 의사들이 동료 의사 말고는 친구가 적은 이유도 이 때문이다. 의사 말고는 서로의 마음을 이해할 수 있는 이가 적다. 내 환자를 잃으면 매번 속앓이를 하지만, 그래도 어떻게든 견뎌 내면 된다. 그렇게 살아갈 수 있다. 나는 고통받고, 배우며, 강해졌다.

환자의 병과 죽음, 보호자가 겪는 극한의 감정, 나의 뼈아픈 노력을 엮은 경험, 이 모두를 글로 적으며 나는 가 버린 내 친구를 떠올린다. 그는 위기의 순간에 남의 목숨을 위해 자신을 내던졌다. 나는 과연 그 비슷한 각오라도 하고 남의 목숨을 책임진 사람이었을까. 가만히 키보드 앞에 앉아, 나를 신뢰하고 자기 몸을 맡겼던 수많은 아픈 이들을 떠올려 본다.

삶의 마지막 순간에 갖추는 예의

연명 치료를 거부하는 DNR 동의서는 그냥 문서가 아니다
환자와 보호자의 수많은 고민이 녹아 있다

―――

오늘만 해도 백 번쯤 들었던 벨 소리가 또 울렸다. 평범한 새벽 세 시의 병동 당직 콜. 나는 누운 채로 능숙하게 고개만 살짝 돌렸다. 뺨 위로 턱 하고 휴대전화를 올려놓으니 간호사의 목소리가 들렸다.

"선생님, 72병동 DNR(do not resuscitate: 환자나 보호자의 요청으로 연명 치료를 원하지 않는 각서를 받는 것을 말함) 환자인데, 계속 안 좋았거든요. 근데 돌아가신 것 같아요."

"가겠습니다."

"근데 지금 안 오셔도 될 것 같아요. 보호자들 아직 다 안 오셔서 기다려 달래요."

"아, 얼마나요?"

"삼십 분 정도."

"고맙습니다."

간호사에게 고마웠다. 나는 오후 퇴근 시간부터 이 전화를 받는 새벽까지 거의 오십 통이 넘는 전화를 받았다. 노티 (환자 상태의 정보 보고) 전화였다. 보통 일이 서툰 신규 간호사라면 모든 보고 사항을 시시콜콜 의사에게 다 전달한다. 혹여라도 보고 체계에서 누락되면 안 되기 때문이다. 하지만 숙련된 간호사는 그렇지 않다. 그들의 마음 한구석에는 널찍한 쉼의 공간이 있다. 그래서 의사도 똑같이 사람인 걸 항상 생각해 준다. 의사도 잠자고 밥도 먹는다는 사실을 알아주는 것이다.

나는 그녀의 배려에 십오 분 정도를 더 잘 수 있었다. 보통 사람이 죽으면 바로 사망 선고를 하는 것으로 알려져 있지만 실제로는 그렇지도 않다. 이런 DNR 환자는 보호자에게 죽음을 확인시키기 위한 목적으로 선언하기도 한다. 보호자가 환자 곁에 없을 때 선고해 버리면 나는 자칫 그들을 '임종도 지키지 못한 사람'으로 만들어 버릴 수 있다. 이런 일을 막기 위해서 시간 차가 너무 크지 않다면 조금 기다려 주기도 한다. 이들 없이는 사실 의사의 선언도 별 의미가 없다. 이런 사정을 모두 아는 노련한 간호사는 내게 '현재 보호자 부재'라는 좋은 정보를 주기도 한다. 매일이 피곤한 전공의였던 나에겐 일 분이더라도 잘 수 있는 모든 시간이 소중했다. 나는 삼십 분이 되기 전에 지체 없이 몸을 일으켜 세웠다. 선잠이어도 개운한 느낌이었다.

"그럼 한 번 올라가 볼까."

나는 병동으로 올라가는 엘리베이터로 향했다. 보호자가 오기 전 사망 환자를 보러 가기 위해서였다.

내 머리 위 어딘가에 사람이 죽어 있다! 의사가 되기 전에는 꽤나 섬뜩한 느낌을 받았지만 지금은 그렇지 않았다. 한 달에도 여러 번 병동 당직을 서면 거의 매일 사망 선고를 하게 된다. 내과 전공의 2년 차였으니 벌써 이렇게 이 년을 산 것이다. 나도 사람의 죽음에 무뎌질 거라는 상상은 감히 하지 못했다. 내 환자가 죽으면 매번 가슴 깊이 송곳날이 파고들 줄 알았다. 모든 의료 행위에 불같은 열정이 타오를 줄 알았다.

그러나 그렇게는 현실을 살아갈 수 없었다. 나도 유한한 신체를 가진 사람이다. 의대 시절 시험 전날은 공부하느라 밤을 새웠고, 전공의가 되어서는 일하느라 밤을 새웠다. 몸은 점점 닳고 있었다. 그래서 환자도 살고 나도 살 수 있는 방법들을 떠올리기 시작했다. 십오 분 더 잘 수 있다면……. 십 분보다는 길고 삼십 분보다는 짧은, 딱 적당한 시간. 내게는 매번 그 정도의 짬이면 충분했다.

그런데 오늘은 동료의 배려로 십오 분을 확보할 수 있었던 것이다. 내가 직접 확인하지는 않았지만 보고받은 이 환자의 죽음이 확정적일 확률은 99.9퍼센트이다. 더 이상의 소생을 거부한 DNR 환자라니 쇠약감이 극심한 말기 가능성이 높다. 말기 환자의 죽음은 급작스레 찾아오지 않는다. 오래 살았던 숯불처럼 서서히, 그러나 예측 가능하게 꺼지는 경우가 많다. 삼교대 하는 간호사들은 출근하면서 그 환자가 살아 있나부터 확인하고 근무하는 동안 돌아가시지는 않을지 예의 주시한다. 교대할 때 인계를 하면 "오늘은 진짜 돌아가실 수도 있어."라는 말을 빼놓지 않는다. 불이 꺼지는 순간을 놓치기 어려운 이유다. 또한 보호자들은 환자의 입원 기간 동안 나름 마음의 준비를 하고 있다. DNR 동의서는 그냥 서명하는 문서가 아니다. 보호자들의 수많은 고민이 종이 한 장에 녹아 있다.

엘리베이터 문이 열리고 나는 병동 복도로 들어섰다. 당직동의 어스름한 불빛과는 다르게 환한 조명이 내 뇌를 깨웠다. 간호사들은 한창 업무로 낮처럼 바삐 움직이고 있었다. 아까 보고받은 DNR 환자로 이렇게 바쁠 이유는 없는데 이상한 일이었다. 누구에게 환자에 관해 물어보나 하고 있는데, 간호사들끼리 대화 중 익숙한 목소리가 들린다. 아까 나를 십오 분 더 자게 해 준 고마운 목소리. 나는 기회를 놓치지 않고 그녀에게 손짓을 한다.

"안녕하세요. 사망 환자……."

"처치실에 있어요."

"네. 아 참, 그리고 아까 전에 감사합니다."

그녀는 대답 대신 씩 웃어 보인다.

우리나라 일반 병실은 여러 명이 같이 쓰는 다인실이 대부분이다. 일인실의 경우 환자의 임종 후 처리를 같은 병실에서 진행해도 무관하다. 하지만 다인실 환자는 그렇지 않다. 밤 사이 환자가 나빠지는지 감시해야 하고, 혹시 임종을 맞게 되면 같은 병실 사람들에게 큰 충격을 줄 수 있다. 그래서 다인실 환자는 나빠질 가능성이 있으면 별도의 처치실로 환자를 이동시켜 관찰하게 된다.

처치실 안은 훤히 밝혀져 있었다. 이동식 침대에는 뼈만 앙상한 시신이 입을 벌리고 누워 있었다. 바로 옆에는 분홍 유니폼을 입은 뚱뚱한 간병인이 환자 쪽으로 엎드려 자고 있었다. 몸에 꼭 끼는 유니폼을 입고 앉아 엎드려 있으니 마른 환자의 모습과 더 대비되어 보였다.

심전도 화면 그래프는 일직선. 나는 환자의 목의 동맥 부위를 짚었다. 박동이 없다. 심박동 소리도 없다. 역시 돌아가신 게 맞았다. 진찰을 하고 있으니 간병인이 인기척을 느끼고 정자세로 벌떡 일어난다. 나는 별일 없으니 편히 계시라고 손짓했다. 하지만 간병인은 앉지 않고 말했다.

"슨생님. 할머니가 저녁까진 일 없었으요. 잘 먹고 잘 자고 그랬는데 마 슨생님들이 와서 데려왔으요."

간병인은 경직된 표정을 하고 조선족 사투리로 말했다. 본인은 별다른 징후를 느끼지 못했고 죽음에 자기 책임은 없다는 말이다. 나는 그가 굳이 이런저런 변명을 하는 이유를 안다. 보통 이런 환자의 보호자는 의료진으로부터 상태가 나빠질 것이라는 이야기를 계속 듣는다. 보호자들은 상심에 빠지게 된다. 대개는 결국 받아들이지만 그렇지 못한 사람들도 있다. 그중 일부는 누군가에게 책임을 묻고자 한다. 희생양을 삼아 복잡한 자기 마음을 달래려고 하는 것이다. 그런데 의료진에게 화살을 향하자니 전문성으로 무장해 계속 경고했으니 어렵고, 만만한 간병인을 붙잡고 늘어지는 경우가 적지 않다. 그러니 환자가 죽으면 간병인들은 뒷정리에 민감할 수밖에 없다. 그래서 최대한 자기의 무고를 입증하려고 노력한다. 나는 알겠다고 고개를 한 번 끄덕이고 밖으로 나왔다.

시계를 보니 조만간 보호자들이 도착할 것 같았다. 그동안 내가 할 일이 있었다. 환자의 마지막을 문서로 정리해야 한다. 나는 환자의 전자 차트를 열고 입원력을 하나하나 열어 보았다. 그리고 혼잣말을 하며 치료력을 정리하기 시작했다. 이렇게 혼잣말을 하면 잠을 깨고 집중을 시작하는 데 도움이 된다.

"85세 여자. 총 입원 기간은 사 개월⋯⋯. 기저 질환은 당뇨, 고혈압, 골다공증, 팔 년 전 암이 있었고 완치⋯⋯. 수술력도 많기도 하네. 작년에는 정형외과에서 전과를 왔어? 아…… 골절 후 침상 안정 하다가 발생한 호흡 곤란이 있어서? 뭐가 원인이지? 폐렴인가? 그럼 이때 랩(lab: 일반적으로 채혈 검사를 의미)은…… 그래, 역시 백혈구 늘어나 있고, 그럼 항생제는…… 제대로 썼군. 폐렴이 있었으니 항생제를 썼겠지. 그런데 수치는 안 떨어지고 그만그만하고……. 어? 그런데 CT는 왜 일반 가슴 CT가 아니야? 판독을 보면…… 아, 폐렴과 폐동맥 색전증이 동반되어 있었군. 그럼 디다이머(D-dimer) 수치는…… 역시나 상승해 있군."

혼잣말을 하고 있으니 간호사들의 눈길을 끌었다. 어떤 간호사는 내 모습을 우스워하기도 하고, 또 다른 간호사는 내가 처방 지시를 내리는 줄 알고 얼굴을 들이밀고 "네?" 하고 묻기도 했다. 그래도 그렇게 하니 머릿속에 정보가 쌓여 갔다. 짧은 시간 동안이었지만 환자가 얼마나 많이 병원 신세를 졌는지 대강이나마 알 수 있었다.

"그럼 이번에는 왜 오셨을까. 무력감과 정신 변화? 애매하네. 응급실에서 찍은 뇌 사진은 이상 없음. 원인이 뭘까. 한 번 찾아볼까. 나트륨이 무지하게 낮네. 그럼 오스몰은…… 어휴. 심각하구만. 오래 뭘 못 드셨나 보네. 탈수가 원인이군. 신장은 괜찮나? 하이고, 그럼 그렇지. 괜찮을 리가 없지. 아마도 사인은 급성 신부전……. 그럼 유레아(요소)가 높겠군? 맙소사, 100을 넘잖아? 산증 엄청 심하겠네. 이제 알겠네. DNR은 투석 거부한다고 쓴 거겠구만. 동의서 파일은……. 여기 있네. 오케이. 역시 그렇군…….”

사인을 파악하고 있으니 먼발치에서 보호자 무리가 나타났다. 얼핏 봐도 웅성대는 게 엄청난 대가족이었다. 저렇게 많은 수의 보호자를 한 시간 안에 대동하다니 굉장하다는 생각이 들었다. 한편 저렇게 많은 보호자가 있는데, 환자를 이렇게까지 탈수에 빠뜨린 걸 보면 아이러니하기도 했다.

나는 의자에 걸쳐 둔 흰 가운을 입었다. 보호자들에게 환자의 마지막을 공식적으로 알릴 시간이 왔다. 따라서 이 상징적인 의상은 나름 중요한 장치였다. 나중에 보호자들이 환자의 마지막 순간을 혹여나 떠올리게 되면, ‘가운을 안 입어서 의사인지 아닌지 헷갈리는 사람’이 하는 사망 선고로 기억하게 하고 싶지는 않았다. 최대한 엄숙하고 권위 있어 보여야 했다. 가운을 입는 것, 내게는 최소한의 예의였다.

보호자들은 환자에게로 천천히 다가섰다. 우는 사람은 없었고 하나같이 다 찡그린 표정들이었다. 처음 접하는 인간의 죽음. 못 볼 걸 봤다는 그런 느낌이리라. 나 역시도 처음 환자의 죽음을 겪었을 때 그랬다.

나는 환자를 두고 보호자의 반대편에 서 있었다. 모두 방 안에 들어온 걸 확인하고 손을 뻗어 경동맥을 짚으니 숙연한 분위기가 되었다. 아무도 말하지 않았다. 또 청진을 하고, 심전도가 드라마의 극적인 장면에서처럼 평평한 그래프를 그림을 확인시켜 주었다. 가끔은 완전히 돌아가셨음에도 이 그래프가 살아 있는 경우도 있다. 이 모든 것을 보여 주는 것이 중요하다. 나의 경우 진찰을 마치고 바로 사망했다고 말하지 않는다. 증거가 존재함을 하나하나 말로 전달한다. 보호자들은 죽음의 확실한 증거가 없으면 당연히 인정하지 않고, 그것을 인지할 수 있을 때가 되면 그제서야 울음을 터뜨린다.

"몇 월 며칠, 오전 4시 28분. 사망하셨습니다."

비록 '사망 선고'라는 행위를 하고 있지만, 나는 최대한 선고가 망치 소리처럼 단호히 들리지 않도록 주의했다. 누가 봐도 죽었다 하더라도 듣는 이는 믿고 싶어 하지 않기 때문이다. 이때 아무 감정도 섞지 않으면서 부드럽게 전달해야 하는데 이게 참 쉽지가 않다. 너무 단정적으로 말하면 차

갑다 못해 화를 낸다고 착각하는 사람도 있다. 그렇다고 사실을 돌려 말할 수도 없는 노릇이다.

"보호자 분들 오시기 전에 제가 입원 기록지들을 한 번 훑어봤습니다. 주치의는 아니지만 보내 드리기 전에 마지막을 한 번 정리해 드리려고요. 오래 사셨고 마지막까지 병원 신세를 많이 지셨더라고요. 보호자 분들도 마음고생 많이 하셨을 것 같습니다. 이런 말씀 드리는 것이 위로가 되실지 모르겠지만, 사실 많은 망자들이 죽는 순간 고통을 겪는 경우가 많아요. 하지만 할머니는 내과적으로, 고통이 있었다 하더라도 그렇게 긴 시간은 아니었을 듯합니다. 이 사실이 그나마 보호자 분들께 위안이 되었으면 좋겠습니다."

선언을 하고 나면 보호자들의 반응은 모두 제각각이다. 시신을 붙들고 우는 사람도 있고, 무표정하게 땅을 쳐다보는 사람도 있다. 언어가 내 입을 떠나면 나는 더 이상 이곳에 있을 이유가 없다. 그들에게 고인과 같이 있을 시간을 줘야 할 때다.

처치실 밖으로 나와도 할 일이 있다. 진단서를 작성하는 일이다. 전문가는 언제나 기록으로 말한다. 진단서는 의사의 고유 권한이고, 나는 이를 쓰는 데 큰 자부심을 가지고 있다. '내 의학적 소견으로는 환자의 진단명은 이것이다.' '여러 가능성 중 순위를 매기자면 다음과 같다.' 등 환자의 병명을 결정짓는 역할이다. 사망 환자의 경우는 사인이 가장 중요한 항목이다. 나는 적절한 질병 코드를 찾아 기입했다. 이로써 보호자들은 환자를 법적으로 떠나보낼 수 있게 된다.

이렇게 의사로서 반드시 해야 할 일은 마쳤다. 나는 이제 마지막으로 퇴원 요약지를 클릭해 열었다. 이 서식은 온전히 나를 위한 것이다.

나는 의사입니다. 환자의 죽음을 내가 봤습니다. 의학적으로 해가 없고 이득만 있도록 노력했습니다. 그가 원하는 방식으로 가시게 했습니다. 보호자들에게 설명을 게을리하지 않았습니다. 환자의 기록을 정리했습니다. 환자의 사인은 '이것'. 법적으로도 세상을 떠날 준비가 이제 되셨습니다. 이제 이 환자를 온전히 보낼 수 있도록 하겠습니다.

클릭.
의사서명 비밀번호 입력.

서명 확인.

저장.

모든 것이 마무리되었다. 이제 환자는 퇴원할 수 있게 되었다. 고통이 없는 하늘나라로.

나는 등받이 없는 의자를 박차고 일어났다. 아침 회진 전까지 빨리 조금이라도 더 자 두고 싶었다. 보호자들이 장례 준비하는 이야기를 나누는지 간호사 스테이션 앞이 북적였다. 간호사들도 다가오는 아침 인계를 앞두고 바쁘게 일을 정리하고 있었다. 나는 누구에게도 인사를 하지 않고 다시 아래층 당직실로 내려왔다.

당직실은 여전히 불이 꺼져 있었다. 동기 레지던트는 코를 골고 자고 있었다. 침대에 누워 시계를 봤다. 거의 다섯 시가 다 된 시간이었다. 나는 행복하다는 생각이 들었다. 잠시 후 여섯 시 회진 준비를 하기 위해 일어나면, 바삐 살아 움직일 수 있으니 말이다.

아빠의 마음 비슷한 것

엄마도 네가 아야 해서 너무 마음이 아프대
네가 빨리 나으면 좋겠대
그리고 엄마가 너를 너무 사랑한대

———

아이가 아프면 부모는 망가진다. 나는 소아 응급 구역에서 근무한 적이 있다. 자기 아이를 허벅지에 눕히고 쓰다듬는 어느 엄마의 모습을 보며, 나는 어쩌면 아이란 엄마와 한 몸인 것이 아닌가 하는 생각을 했다. 그 틈으로는 심지어 반쪽의 유전자를 준 아빠도 비집을 곳이 없다. 아이가 조금 아프면 엄마는 잠을 못 자고, 많이 아프면 영원히 불면에 시달릴 것만 같다고 하니 말이다.

소아과 병원은 부모의 눈물 위에 세운 것이다. 소아 중환자 병동은 더 말할 것도 없다. 이들은 눈에 잘 띄지 않는다. 아이들은 입원해서, 부모들은 어떻게든 살아가느라 숨죽이고 있다. 단 한 번이라도 소아 중환자를 본 적 있는 사람은 그 순간 숙연해지지 않을 수 없다. 아이가 연약함을 이기고 크는 모습이 안쓰러워 눈 뜨고 보기 어렵고, 부모가 무너지지 않으려 버티는 모습에 내 모습을 투영하기 때문이다.

한 번은 급사한 소아를 본 적 있다. 밤 열 시경이었고, 아이가 이상하다며 엄마가 119에 신고해 온 것이었다. 건강하던 아이였기에 사망은 생각조차 못했을 것이다. 구급차에서 그 작은 아이에게 심폐소생술을 했고, 응급실에 와서도 온통 난리법석을 떨었는데 결국 죽었다. 엄마는 사망 소식을 듣고 바로 실신했다. 그리고 아버지라는 사람이 몇 십 분후 응급실에 나타났다. 그는 근처에서 회사 회식 자리에 가 있었는지, 정장을 입고 취기가 약간 올라 있었다. 처음 그에게 소식을 전했을 때 별로 놀라지도 않고 얼떨떨해 했다. 아마도 자신이 취해서 잘못 들은 게 아닌가 하는 것 같았다. 그리고 오랫동안 아이 얼굴을 매만지고 몸을 쓰다듬었다. 시간이 지나, 현실을 깨달았을 때 슬픔이 취기를 넘어섰다.

그는 오열하기 시작했다. 응급실 의사를 보며 "너희가 잘못한 것 아냐?" 하고 소리 지르기도 했다가 울기도 했다가 소란을 부렸다. 다들 심정이 이해는 되니 가만히 보고 있었는데, 응급실 기자재를 부수기 시작할 때 안전 요원이 그를 말렸다. 그는 소리를 지르며 밖으로 뛰쳐나갔다. 죽겠다는 것이었다. 십여 명의 사람들이 또 다른 응급 환자가 생기는 것을 막기 위해 따라 달려갔다. 나는 지금껏 그때만큼 한 사람의 감정이 넘쳐 흔들리는 일을 본 적이 없다. 자기 아이를 잃는다는 감정은 그런 것이다. 누구나 마찬가지다.

내 기억 속에 기절한 엄마가 또 하나 있다. 쌍둥이 미숙아를 낳은 한 엄마였다. 아기들은 소아 중환자실 인큐베이터에 하나씩 자리했고, 엄마도 상태가 좋지 않아 산부인과에 입원해 있었다. 엄마는 입원해 있는 동안 아기들을 보러 오고 싶어 했지만 불가능한 일이었다. 내가 가장 많이 본 보호자는 친정 엄마, 즉 아기들의 할머니였다. 그녀는 손주들도 보러 왔다가 면회가 끝나면 다시 딸이 있는 병실로 올라가고는 했다.

몇 주가 지나고 엄마의 상태가 나아져 어렵사리 걸을 정도가 되었다. 당연하게도 그녀가 가장 먼저 오고 싶어 했던 곳은 소아 중환자실이었다. 상태가 좋지 않은 아기들이지만, 생사를 넘나들며 어렵게 품은 생명이었다. 그녀가 아기들을 보러 올 때쯤 두 아기 모두 혈전 때문에 고통받고 있었다. 한쪽 팔에 혈전이 막혀 파랗게 변해 혈전 용해제를 달고 있어야 했고, 엄마는 매일 주사제 떨어지는 것을 말없이 지켜보기만 했다. 의료진 입장에서도 큰 부담을 느꼈다. 혈전을 녹이지 못하면 팔이 썩는다. 혈전 용해제가 의료진이 가진 유일한 희망이었다.

며칠 지켜본 결과, 한 아기의 팔은 정상으로 돌아왔다. 하지만 다른 아기는 그렇지 못했다. 딸아이였다. 색이 돌아오는가 싶더니 다시 까맣게 변해 갔다. 썩고 있었다. 한 번 건너가면 돌아올 수 없는 상태였다.

소아과 주치의는 그 며칠 동안 아침 회진 때 어느 때보다도 침통한 표정을 했다. 간단한 질문 몇 개만을 레지던트에게 할 뿐이었다. 평소 즐겨 하던 교육이나 첨언은 없었다. 그는 이날따라 회진을 다 돌고도 문밖을 나서지 않고 한참을 서서 찡그린 표정을 지었다. 험악한 분위기에 레지던트와 간호사는 아무 말도 하지 않았다. 이윽고 그가 문을 나섰을 때 밖에는 엄마가 환복을 입고 바퀴 달린 수액 걸이대를 잡고 힘겹게 서 있었다. 주치의와 보호자는 서로 눈을 마주치고도 잠시 아무 말도 하지 않았다. 이윽고 어렵게 의사의 말문이 열렸다.

"더 이상 버틸 수가 없습니다. 잘라야 합니다."

그 말을 들은 순간 엄마는 두 눈을 뜬 채로 주저앉아 기절해 버렸다. 오열하지도, 소리 지르지도 않고, 그야말로 모든 정신이 순간적으로 닫혀 버렸다. 할머니 역시 손녀딸의 기막힌 소식을 듣고도 슬퍼할 새가 없었다. 그녀는 놀라서 바닥에 누운 딸에게 정신 차리라고 소리쳤다. 아기 엄마는 바로 옆의 응급실로 실려 갔다.

아이는 이제 인생을 막 살아가기 시작했다. 엄마 된 모든 이는 좋은 것만 주고 싶다. 하지만 원하지 않는 운명은 생을 고통으로 시작하게 한다. 시간은 작은 상처를 쌓는다. 생채기의 적분합은 커다란 고통으로, 이는 (남들은 당연한) 일상의 회피로 이어진다. 아이 엄마의 두려움은 이런 것이다. 그런데 공포가 너무 크면 한 사람의 몸이 버틸 수 없다. 순간 몸의 모든 기능을 정지시킬 수도 있다. 실신의 의미다.

아침 회진 이후 오후 내내 기분이 좋지 않았다. 다른 환자를 보고, 책을 읽어도 머리 한쪽에 아기 생각이 자꾸만 떠올랐다. 의학적으로 아기의 예후가 궁금했던 것은 아니다. 아기가 살아갈 시작이 안타깝고, 엄마가 느낄 감정이 신경 쓰였다.

결국 나는 쓸데없는 오지랖을 펼치고야 말았다. 밤 아홉 시경, 아무 의료진도 없던 시간 나는 소아 중환자실을 찾았다. 당직 간호사는 예상치 못한 방문 의료진에게 떨떠름한 표정으로 문을 열어 주었다. 나는 바로 그 아기를 보고 싶었지만 다른 소아들과 관련된 일을 했다. 처음부터 얼굴을 볼 용기가 나지 않았다. 다른 아이들에게 들어가는 약을 확인하고 주호소의 호전 양상을 보고……. 괜히 다음 날 아침 일찍에야 할 일을 하며 쓸데없이 시간을 보냈다. 이윽고 더 할 일이 없어졌을 때야 비로소 그 아기 앞에 섰다. 아기는 어스름한 인큐베이터 조명 아래 쌕쌕 자고 있었다.

나는 의료진이지만 이 아기의 주치의가 아니다. 현실적으로 도움 줄 권한도 없고 따지고 보면 아무 관계없는 사람이었다. '내가 대체 여기 왜 왔지?' 하고 속으로 생각했다. 생각해 보면 아빠의 마음 비슷한 기분이었다. 상태가 나빠지는 아기를 보며 나는 말 한마디라도 건네고 싶었다. 아직 이름도 없어 엄마의 이름을 따 '송○○아기'라는 명찰을 단 핏덩이였다. 내 말을 알아들을 리 만무했다. 하지만 나는 말하고 싶었다. 하지만 마음속에 담은 말을 꺼내기가 쉽지 않았다.

오늘 하루도 너무 힘들었지?

아저씨는 네가 아야 해서 마음이 좋지 않다.

앞으로 상처 주는 사람들을 많이 만날 수도 있어.

하지만 그 사람들이 잘못 생각하는 거야.

너는 이렇게 예쁜데, 이렇게 사랑스러운데.

너희 엄마도 네가 아야 해서 너무 마음이 아프대.

네가 빨리 나으면 좋겠대.

그리고 엄마가 너를 너무 사랑한대.

나는 평화로이 잠자는 아기를 내려다보고만 있었다. 한 팔에 주사 라인을 달고도 쌕쌕거리며 한 번씩 웃는 얼굴이 사랑스러웠다. 정말 예쁜 아이로 클 것만 같았다. 그 얼굴을 보고 나도 모르게 미소가 지어졌다. 나는 아기를 보며 속삭이듯 "아가야⋯⋯." 하고 불렀다.

그때 잘 익은 빨간 홍시 같은 볼살 너머로 심한 이질감이 느껴졌다. 아기의 다른 팔이 구겨진 담요 옆으로 가려져 있었다. 그 사이로 썩어 가는 손가락이 보였다. 손끝은 검게 변해 뼈가 보일 듯 끔찍했다. 나는 순간 터져 나오는 눈물을 참을 수 없었다. 그래서 그 자리에 쪼그려 앉았다. 그리고 다른 아기들이 깨지 않도록, 숨죽여 울었다.

사망 회의

환자가 살기 위해 죽음과 싸웠듯,
그 역시 자신의 미숙함을 이기기 위해 싸웠다

———

오후 회진이 끝나고 저녁이 되었다. 밖은 노을이 피고 있었다. 느슨한 하늘과 달리 강당의 공기는 고농도의 긴장감으로 무거웠다. 흰 까마귀들이 각자 회진을 마치고 속속들이 모여들고 있었다. 오늘의 발표자는 이들을 보며 꿀꺽 침을 삼켰다.

오늘의 이벤트는 '모털리티 콘퍼런스(mortality conference)'. 문자 그대로 '죽음의 회의'가 열리는 날이다. 모털리티 콘퍼런스는 발표자가 맡은 환자의 죽음에 대해 의학적으로 고찰해 보고, 더 나은 치료가 있었는지를 되짚어 보고자 하는 회의이다. 발표자 입장에서는 매우 긴장되는 의식이다. 죽은 환자를 되살려, 아직 살아 있을 때로 돌아가, 다른 치료를 했다면 더 나은 결과가 있지 않았을까 함께 고민하는 쓰디쓴 시간이기 때문이다. 말이 '함께 고민'이지 당시 주치의인 발표자를 향한 비판이 주된 내용이다. 이 복기는 물론 의사 개인과, 나아가서는 의학 전체의 발전이라는 숭고한 주제를 담고 있는데, 안타깝게도 모든 발전은 고통을 수반한다.

고통을 주는 이는 (각 과에서 뼈가 굵은) 선배와 동료 의사들이다. 이들의 흰 가운은 오늘따라 세탁이 더 잘된 것인지 어두운 강당 안을 하얗게 발광해 채웠다. 발표자는 오늘 의학의 고수들에게 가루가 되도록 얻어맞을 수도 있다. 자존심에 상처를 받고 쓰러지는 정도에서 끝나면 사실 다행이다. 다른 많은 레지던트들처럼 첫 한 방에 녹아웃당하고, 그다음 까마귀 선생님들이 죽은 육체를 뜯어먹게 할 수도 있다. 사망 회의는 중환자실 주치의를 맡았다면 무조건 겪어야 하는 통과의례다. 이 의식을 통해 그는 전문의에 한 발더 가까이 갈 수 있을 것이다. 제물이 되는 고통의 대가다.

발표자는 자료를 빠르게 눈으로 다시 훑었다. 각 과 교수,

전임의, 전공의, 전문간호사, 학생 들이 온몸이 굳어 가는 그를 감정 없이 응시하고 있었다. 아무도 아무런 말을 하지 않았다. 무거운 침묵의 시간 때문에 어깨가 저려 올 지경이었지만, 벗어 버리고 싶다면 발표를 시작해야 한다. 이곳에서 저곳으로 건너가는 결단도 쉽지 않다.

"아……. 네……. 흠흠. 그럼 시간이 되었으니 발표를 시작하겠습니다. 저는 내과 2년 차 아무개입니다."

싸구려 마이크는 눈치도 없이 그의 별것 없는 첫마디를 가지고 강당 전체를 흔들었다. 아무개 의사는 목구멍에 이상한 느낌이 간지러워 목을 가다듬어야 했다. 그는 평소 기침하는 버릇도 없었다. 극도의 긴장에 몸이 스트레스를 받고 있었다. 왠지 오늘 발표 내내 이 기분 나쁜 이물감이 그를 괴롭힐 것 같았다.

"환자는 76세 남자, 한 모 씨입니다. 당뇨, 고혈압, 만성 신질환 과거력이 있고, 말초동맥 폐쇄증으로 본원 흉부외과에서 혈관 성형술, 스텐트 삽입술을 작년에 시행한 바 있습니다. 내원 1주 전부터 발생한 전신 무력감으로 일반 병실에 입원한 자입니다."

발표자 그러니까 당시 중환자실 주치의는 환자를 '입원한 자'라고 낮춰 부르면서 약간의 거부감이 들었다. 환자는 유쾌한 할아버지였다. 그는 몸 상태가 나빠져도 아침 회진 때 농담을 할 정도로 긍정적이었다. 하지만 사망 회의에서 좋은 사람이라고, 또는 망자라고 치켜세워서는 안 된다. 이곳은 의학적인 사실을 논하는 곳이지 환자와의 마음의 교류를 떠들 만한 장은 아니었다.

환자는 지병이 많은 사람이었다. 당뇨병을 오래 앓았고, 갖고 있던 모든 지병은 당뇨와 관련 있었다. 당뇨는 혈액 내 당이 체내 인슐린으로 잘 조절되지 않는 병이다. 당이 높으면 혈관의 염증은 심해지고, 전신의 혈관이 수십 년간 서서히 망가진다. 전신 혈관의 만성 염증은 몸의 기능을 크게 떨어뜨린다. 겉보기에는 멀쩡해 보여도 매일 피곤하고, 회복도 느리고, 무엇보다 후진 혈관은 혈전으로 잘 막힌다. 인체에서 혈전은 부지불식간에 생기기도 하고 흡수되어 사라지기도 하는데, 당뇨병 환자들의 작은 혈관은 이 과정에서 기능을 완전히 잃기도 한다. 이 작은 혈관들은 보통 말초, 몸 끝에 위치해 있다. 망막 혈관이 망가져 앞이 안 보이면 당뇨

망막병증, 신장 혈관이 좋지 않으면 당뇨성 만성 신부전증으로 평생 투석을 하며 살아야 할 수도 있다. 환자는 둘 다에 해당하는 사람이었다.

"입원 당시 발 사진입니다. 당뇨 족부병으로 괴사가 심한 상태로 정형외과에서는 절단술을 권유했습니다. 하지만 만성 신부전에 급성 병증이 겹쳐 크레아티닌이 베이스 3mg/dL에서 8mg/dL까지 뜨고 소변도 나오지 않아, 정맥 정주 항생제를 사용하면서 중환자실 입실하여 CRRT(continuous renal replacement therapy: 지속성 신 대체 요법)를 시작하였습니다."

어두운 강당 스크린 전면에 검게 썩은 발 사진이 비춰졌다. 곳곳에서 작은 탄식들이 터져 나왔다. 아무리 경험 많은 의사라도 끔찍한 광경은 쉬이 익숙해지지 않는 듯했다. 주치의는 말을 이어 갔다.

"환자가 처음 입원했던 것은 중환자실에만 있는 CRRT를 위해서였습니다. 일반 투석으로 전환하게 되면서 병실 전원을 고려하고 있던 차에, 혈압이 떨어지기 시작했습니다."

혈압 그래프가 떴다. 평균 100mmHg 정도를 유지하던 수축기 혈압이 80 정도, 한 번씩은 60까지도 급락했다. 혈압이 떨어져 전신 기관에 적절한 관류를 시키지 못하면 이를 '쇼크'라 한다. 쇼크를 한 번 맞으면 전신에 강편치를 동시다발적으로 허용하는 것과 같다. 쇼크 상태로 오래 살 수 있는 사람은 없다. 반드시 해결해야 한다. 주치의는 처음 수액을 때려 붓다가, 이내 투석하는 환자임을 깨닫고 승압제를 달기로 했다. 혈압 하락은 그걸로 멈췄다. 하지만 이대로 충분하겠는가? 아니다. 원인을 찾아야 한다. 쇼크의 원인은 크게 다섯이다. 심인성, 패혈성, 저혈량성, 신경성, 아나필락시스. 그중 임상적으로 환자는 심인성, 패혈성 둘이 의심되었다. 둘 중 하나일 수도, 둘 다일 수도 있었다.

심인성이라 한다면 심근 경색의 가능성이 있었다. 심근 경색은 많은 경우 환자가 가슴 통증을 호소한다. 이 환자는 그렇지 않았다. 그렇다고 안심할 수는 없었다. 숨은 심근 경색일 수도 있다. 놓쳐서는 안 된다. 주치의는 당시 자기가 고려한 모든 체크포인트를 하나하나 짚어 갔다. 심전도는? 거울상변화(reciprocal change)처럼 보이는 모습이 있었다. 그러나 확실하지는 않았다. 여러 번 검사해도 비슷했다. 애매하다. 또 다른 지표는? 심근 지표는 두 시간에 한 번씩 추적을 했는데도 더 오르지 않는 양상이었다. 그래, 이젠 안심해도 되려나. "이 정도 확인해 보고 심인성 가능성은 어느 정도는 배제하게 되었습니다."라고 말하고 주치의는 다음 으로 넘어갔다.

이제 패혈성 쇼크 하나만 남았다. 실제로 쇼크는 패혈성 쇼크가 가장 흔하다. 썩을 패(敗), 썩은 피가 전신을 돈다는 의미다. 따라서 가장 중요한 문제는 항생제다. 어떤 항생제 를 적절히 잘 쓸 것인가? 최선의 근거는 임상적으로 어느 부위를 통해 균이 들어왔느냐를 따져야 한다. 이 환자는 약 간의 폐렴과 족부 감염이 있었다. 주치의는 두루두루 균을 잘 죽이면서도 강력한 광범위 항생제를 선택했다. 나쁘지 않은 선택이었다.

그러던 중 쇼크가 발생한 것이다. 지금 쓰는 항생제가 잘 안 듣는 것일 수도 있다. 발의 상처는 썩은 부위 위쪽으로 빨갛게 변하고 있었다. 균이 올라오고 있는 듯 보였다. 주치 의는 당장 더 강력한 제한 항생제로 등급을 올렸다. 환자의 전반적 상태도 영 좋지 않았다. 쇼크가 발생한 때부터 환자 는 이런저런 증상을 호소했다. 배가 아프고 물변을 보고 종 일 잠만 자고……. 하지만 주치의는 패혈성 쇼크와 크게 관 계없어 보이는 이 증세들까지 고려하기에는 마음의 여유가 없었다. 이런저런 증상 치료만 이루어졌다.

입원 10일 차. 매일 복통을 호소하던 환자가 오늘따라 더 아프다고 했다. 저녁 일곱 시였다. 주치의는 새로운 환자 인계를 받던 중이었다. 아마도 미약한 장염, 하루 세 번 진통제가 들어가고 있었다. 주치의는 추가 투약을 하고 지켜봐도 괜찮다고 생각했다. "트라마돌(진통제) 정주 한 번 더."라고 말하고 하던 일을 했다.

그날 밤, 환자는 트라마돌 주사에도 복통이 나아지지 않는다고 호소했다. 물변도 그날따라 심했다. 환자가 다 버려 놓은 시트에 간호사들이 불평했을 가능성이 높다. 간호사가 힘들면 아무래도 의사에게도 전화가 많이 온다. 의사는 문제 해결도 하고 원인도 밝혀야 할 의무가 있다. 이쯤 되면 계속되는 전화에 주치의가 지쳐 버렸을 가능성도 높다. 어쨌든 그는 문제 해결할 의지를 가진 성실한 의사였다. 기록에 따르면 오후 열 시경, 간호사들이 환자의 변을 치우고 있었고, 그가 환자 진찰을 위해 중환자실로 왔다. 벌써 다섯 번째 진찰이었다. 그리고 지금껏 보지 못한 이상한 점을 발견했다.

"이거 혈변 아닌가요?"

하지만 색이 명확하지 않았다. 거무죽죽하긴 했지만 얼핏 똥색 같아 보이기도 했다. 어떻게 돌려 봐도 모호했다. 감별을 위해 과산화수소를 뿌려도 거품이 명확하지 않고, 냄새까지 맡아 봤지만 잘 모르겠다는 생각이었다. 혈변이 맞다면 그냥 넘길 수 없는 징조다. 별것 없이 쉬이 생각했다가는 자칫 별일, 심한 경우 환자를 잃는 경우도 생긴다. 주치의는 기분 나쁜 답답함을 느꼈다. 혈변 검사를 처방했지만 결과는 내일이나 되어야 나올 것이었다.

그때였다. 또 혈압이 떨어지기 시작했다. 환자의 정신 상태도 흐려졌다. 이젠 정말 응급 상황이 되었다. 주치의의 마음이 급해졌다. 수액도 붓고 승압제도 적용해 봤지만 효과는 적었다. 혈액 검사, 엑스레이, 심전도 등 응급 검사들이 처방되었다. 엑스레이상 물이 심장 주변으로 뿌옇게 차 있었다. 환자는 원래 심기능이 나빴다. 심부전이 심해지고 있었다.

이대로 가다가는 심장이 멈춰 버릴 것 같았다. 주치의는 심폐소생술을 해야 할 수도 있다는 생각에 심란해졌다. 그는 환자의 침대 머리맡에 서서 한참을 지켜보더니, 간호사를 보고 말했다.

"보호자에게 전화해야겠어요. 오늘 밤 일이 생길 수도 있고, 심폐소생술 할 수도 있다고."

"선생님. 이 환자 투석까지만 허용하는 DNR(불필요한 연명 치료 거부 환자)이잖아요."

"아, DNR……."

DNR 환자가 중환자실에 자리하는 경우는 흔치 않다. DNR이라면 가슴 압박, 기관 삽관은 하지 말아 달라는 이야기로 중환자실 입실 2순위 환자다. 그럼에도 여기 있는 이유는, 단지 간호 인력이 많은 곳에서 열심히 보기 위해서였다. 보호자가 DNR을 요청한 이유는 환자가 당뇨를 오래 앓아 합병증으로 족부를 절단해서 거동이 불편하고, 가끔은 치매 증상도 보이는 노인이었기 때문이었다. 주치의는 이제 더 심란해졌다. 뭐 하나 해 보지 못하고 당직 때 돌아가시게 할 수도 있다는 게 마음이 좋지 않았다.

어쨌든 그는 보호자를 호출했다. 보호자는 다시 한번 DNR에 동의함을 명확히 했다. 그의 의사로서 역할은 강제로 끝났다. 혈액 검사를 하니 산성화가 진행되고 있었다. 진행형의 죽음이었다.

"그리고 새벽 두 시, 환자 사망하였습니다."

주치의는 다시 발표자로 돌아와 애써 건조한 말투로 말했다. 보호자 앞에서 선언했던 말이었다. 벌써 여러 번 되새긴 말이지만, 아직도 쓴맛이 가시질 않았다.

이제 발표가 끝났다. '그럼 질문을 받겠다'는 말도 안 했는데 관객 속에서 손 하나가 번쩍 들렸다. 무섭기로 유명한 내과 교수였다.

"전공의 선생. 발표가 어째서 그 따위인가요. 그래서 왜 환자가 죽었다는 거죠?"

"좋은 질문 감사합니다. 원인은 명확하지 않습니다. 복통과 혈변이 있었던 것을 보면 색전증으로 인한 괴사 가능성도 있고, 복통이 심근 경색의 증상이었을 수도 있습니다."

"환자는 지속적으로 복통을 호소했다는데, 심근 경색을 놓친 것은 아닌가요?"

"아시다시피 복통이 비특이적 증세이기도 하고 이벤트 당시 최초에 촬영한 심전도나 심근 지표상 심근 경색 가능성은 여러모로 떨어져 보였습니다."

"처음 것 말고 다음 경과를 본 결과는?"

"네……. 실은 그다음 결과는…… 가능성이 떨어져 보여서……."

"심근 경색 가능성을 알고도 안 봤다는 거군. 선생, 그렇게 자신 있나?"

"죄송합니다……."

말이 끝나기도 전에 다른 손이 들렸다.

"선생. 복통을 입원 당시부터 호소했다고 했지요?"

"네, 그렇습니다."

"이에 대해 진단명을 세워 봤나요?"

"복부 엑스레이도 그렇고, 장음도 떨어져 있고 마비성 장 폐색이라고 생각했습니다."

"아까 환자가 물변을 봤다고 하지 않았나요?"

"네, 그렇습니다."

"지금 선생, 무슨 말하는지 알고 있는 거죠? 마비성 장 폐색 때 물변 보는 사람이 흔한가요?"

"아뇨……. 아닙니다."

"그래서 의증이 뭔가요?"

"네……. 마비성……."

"아니, 무슨 앞뒤가 안 맞는 말을 하고 있어. 선생, 모털리티가 장난이야?"

주치의가 띵한 머리를 부여잡는 동안 또 다른 손이 들렸다. 그는 숫제 반말로 포문을 열었다.

"혈관이 안 좋은 사람인데 너무 쉽게 심근 경색을 배제한 게 아닌가 하는데."

"……."

"대답 좀 해 보세요. 쇼크가 있었는데 너무 안일하게 생각한 건 아닌지?"

"네……. 저는 패혈성 쇼크라고 생각……."

"그렇다고 그렇게 거칠게 배제해 버려도 되는 건가? 심도자술을 고려하지 않은 이유는?"

"이게, 혈압이 좀 불안정해서……."

"곧 안정화되었잖아. 그동안 심전도도 안 찍어 봤네. 심근 지표도 안 보고."

"패혈증 가능성이 더 높아 보여서……."

"겹칠 가능성도 있잖아."

"네, 그렇습니다."

"그럼에도 고려하지 않은 이유는?"

"죄송합니다……."

그걸로 끝이 아니었다. 강당 여기저기서 계속해서 손이

들렸다.

"헤파린(혈액 응고 저지제)이라도 고려하지 않은 이유는?"

"통증 조절이 안 되었는데도 왜 투약을 고수했지?"

"감염 루트를 더 면밀히 볼 수는 없었는지?"

"미리 대변 검사를 왜 나가지 않았지?"

"CT 같은 영상 검사를 고려해 보지 않은 이유는?"

"노티(환자 상태의 정보 보고)가 정확하지 않았던 것 같은데?"

"지속적 물변이 실혈과 관련 있을 거라는 생각을 왜 못했나?"

쏟아지는 공격에 몸 곳곳에서 아픔을 느끼면서도, 그는 구부정히 몸을 숙이고 날카로운 질문을 종이에 적느라 여념 없었다. 한 마디도 놓치지 않겠다는 결의에 찬 표정이었다. 환자가 살기 위해 죽음과 싸웠듯, 그 역시 자신의 미숙함을 이기기 위해 싸웠다. 혹독한 수련 과정은 그를 강하게 만들고 있었다. 그렇게 새끼 의사는 성장하는 것이다. 환자의 죽음을 기리며 더 큰 의사가 되기 위해.

질문자 외의 관객들은 주치의를 위해 침묵을 지켰다. 덕분에 그의 발전을 위한 분위기가 만들어졌다. 사실 주치의는 지금 질타를 가장한 박수를 받는 중이었다. 두려움과 피로를 이기고 최선을 다한 그의 싸움이 다음번에는 더 완벽하기를 바라는 마음의 분위기가 충만했다. 관객 모두가 자기 환자를 잃은 경험이 있다. 쓰라린 기억, 잊고 싶은 실책, 일부는 꿈에 나타날지도 모른다. 그들은 주치의를 보며 과거의 자신을 보고 있다. '젊은 내가 더 실력이 있었다면' '오만했던 내 지식이 더 유연했더라면' '미숙한 내가 더 노련했더라면'. 돌릴 수 없는 시간을 희생해 얻은 고통의 전리품을 젊은 의사에게 넘겨주는 일, 이것이 제자를 위한 그들의 방법이다.

　밖은 어두워지고 죽음의 회의가 끝나 가고 있었다. 주치의 치료에 대한 평가로 시끌한 반면, 전면 슬라이드에 "경청해 주셔서 감사합니다."라는 문장이 고요히 오래 걸려 있었다. 주치의도 그 자리에 서서 십 수 분 동안 베테랑들의 폭격을 버텨 냈다. 자신을 비판하는 그들에게 서운한 마음은 없어 보였다. 모두가 제자를 위한 사랑으로 각자의 날 세운 질문을 가져왔을 뿐이고, 그 역시 스승들의 마음을 잘 알고 있었다.

이 회의를 버틴다고 그가 더 나은 사람이 되기를 기대할
수는 없다. 다만 그가 선 자리는 큰 의사가 되기 위한 발판
임은 확실했다. 타인의 질타로 엉망이 된 치료력을 정리하
고 나면 그는 더 높은 단계로 올라설 것이다. 그리고 그제야
안도할 수 있게 된다. 이미 몇 개월 전에 세상을 떠난 환자
이지만, 마침내 온전히 자기 안에서 보내 드릴 수 있으니까
말이다.

그때 그 전염병

신종 전염병이 찾아든 이곳, 병원은 바로 전쟁터였다
보이지 않는 바이러스가 우리의 생명을 노리고 있었다

깊은 밤, 자고 있는데 계속 문자가 울렸다. 인턴 단체방
문자였다. 인턴 단체방은 이십여 명으로 구성된 채팅방으
로, 보통 술기 시 어려움이 있으면 동기에게 도움을 청하는
용도로 쓰였다. 그런데 오늘은 거의 삼십 분 가까이 울려 댔
다. 이렇게 긴 시간 동안 채팅이 계속 올라올 리는 없었다.
어쨌거나 나는 그날 당직이 아니어서 퇴근을 했고 매우 피
로했는데, 거의 삼십 분을 참다못해 무슨 내용인지 핸드폰
을 켜 보았다.

놀랄 만한 일이었다. 당시 2015년, 우리나라에 상륙했다

는 메르스가 과연 내 일이기나 할까 하는 생각으로 살고 있던 때였다. 중동 낙타(후에 박쥐로 밝혀짐)에게서 유래했다는 코로나 바이러스, 메르스. 전염력이 높지는 않았지만 무지막지하게 치사율이 높아 무서운 바이러스였다. 그런데 내가 수련을 받고 있던 대학 병원에 확진 환자가 발생했고, 응급실은 폐쇄, 중환자실은 코호트 격리에 들어갔다. 확진 환자의 기도 삽관을 시행했던 내과 레지던트는 근무를 서고 있다가 체포되듯 격리에 들어갔다. 그도 그럴 것이 기도 삽관을 하면 폐로 들어가는 입구 바로 앞에 자기 코를 마주해야 한다. 바이러스가 침투하기 굉장히 좋은 환경이었다. 그는 물론이고 그와 접촉했던 많은 의료진도 모두 격리되었다.

확진 환자는 내과로 입원했다. 일단 응급실에 왔을 때 주 증상이 호흡 곤란이었고 폐렴은 호흡기내과에서 치료하기 때문이다. 중환자실이 코호트 격리에 들어가면서 접촉한 간호사들은 격리, 그렇지 않은 간호사들이 새로 투입되어 격리에 들어갔다.

나 역시도 내과 인턴이었다. 내과 인턴은 총 다섯 명이었는데 다른 과에 비하면 많은 편이었다. 종합 병원 내과는 환자가 많기 때문에 인턴 인원도 많이 배정된다. 그런데 그중 둘이 확진 환자와 동선이 겹쳤다. 검사 결과 유무와 관계없이 둘은 즉시 격리 조치되었다. 남은 인턴 세 명은 모자란 인력만큼의 일을 해야 했다. 내과뿐 아니었다. 다른 과 인력들도 그날 응급실을 다녀간 바 있다면 가차 없이 격리됐다. 전 과가 인력 부족에 시달렸다.

단체 채팅방이 뜨거운 이유는 다음과 같았다. 당시는 메르스에 대한 사회적 관심만 높고 원내 확진 환자는 생기기 전이었는데, 인턴들도 선별 진료 의사로 쓰겠다는 병원 측의 입장이었다. 5월이었다. 이때는 인턴이 의사로서 일하기 시작한 매우 초반이었다. 공중 보건의로 군 복무를 마치고 입사한 인턴은 심지어 첫 달이었다. 사회 전체가 메르스 때문에 벌벌 떨고 있던 때였고, 두려움의 본질은 병에 대한 지식이 부족하기 때문이었다. 우리는 막 의대를 졸업한 신출내기였다. 마주하는 모든 병도 긴장되고 떨리는 판인데 신종 전염병을 최전선에서 맞이하게 된 것이다. 게다가 근무 시간 환경도 극악무도했다. 병원 측은 인턴이 메르스 위험군 환자를 만날 확률을 낮춰야 했으므로 이십여 명의 인턴을 매일 두 시간 정도 선별 진료소 근무를 세웠다. 응급실은 24시간 돌아가야 하니 일부 인턴은 새벽 두 시 근무를 위해 자다가 출근하는 경우도 있었다. 업무 강도까지 올라가니 인턴들의 관심이 집중될 수밖에 없었다.

선별 진료소를 내려가도 특별한 장비를 지급받지는 못했다. 마스크 중에서 가장 필터 기능이 좋다는 N95 마스크 정도였다. 이 글을 쓰고 있는 2020년 현재는 선별 진료소에서 완전 밀폐가 가능한 방호복을 입는 것이 당연한 일처럼 여겨진다. 하지만 당시에는 그렇지 않았다. 의료는 과거 경험을 토대로 끊임없이 발전한다. 우리가 감내한 위험이 미래 의료인의 안전을 만든 셈이었다. 어쨌든 위험천만한 보호 장구였지만 그래도 내게 별일 생기지 않아 다행이라고 생각할 따름이었다.

인력 부족은 여러 영향을 끼쳤다. 일단 의료진은 본인이 격리되어도 아무도 와서 봐 주지 않았다. 인턴 동기 하나는 열이 난다고 격리되었는데 메르스 환자와 접촉한 적도 없고 동선이 겹치지도 않았다. 다만 본인은 에어컨을 많이 쐬어서 그렇다고 주장했는데 예민한 시국이라 씨알도 먹히지 않았다. 그렇게 격리되기 싫어 발버둥 쳤는데 막상 되고 보니 나쁜 것도 아니었다. 그가 격리된 장소는 화려한 시설을 갖춘 VIP실이었다. 격리할 병실이 부족한 탓이었다. 일이 바빠 격리 3일차쯤 되었을 때 그를 면회 갔는데 재미있는 이야기를 했다. 아침 회진 시간에 교수님에게 전화가 걸려 오고, 대충 이런 식으로 대화가 진행된다는 것이다.

"인턴 선생."

"네! 교수님. 안녕하십니까!"

"컨디션 좀 어때?"

"나쁘지 않습니다! 교수님."

"체온은?"

"네! 교수님. 어제 오후 전화 주신 이후로는 삼십칠……."

"됐고, 괜찮았어?"

"네! 교수님."

"피지컬(신체 진찰)은?"

"네! 교수님. 특별한 증세는 없고, 산소 포화도는……."

"됐고, 괜찮았지?"

"네! 교수님."

"오케이. 수고."

의사와 환자가 만나지 않는 진료였지만 모두에게 만족스

러운 상황이었다. 교수 입장에서는 격리된 인턴도 의사이니 전화 정도로도 충분하다고 생각할 수 있었다. 한편 인턴 입장에서는 아무리 생각해도 그냥 냉방병이니 안심이었고, 대하기 어려운 교수님이 굳이 오지 않으니 좋았다. 내가 보기에도 부러웠다. 나는 힘들게 일하는데 그는 VIP실 침대에 누워 비디오 게임을 했다고 했다.

남은 의료진은 쏟아지는 업무에 탈진할 정도였다. 가장 기억에 남는 것은 중환자실 드레싱이었다. 중환자실 환자가 많아 보통 인턴 두 명이 나눠 했는데, 격리 인원이 있으니 한 명이 다 해야 했다. 들어갈 때에도 방호복을 입어야 했다. 흔히들 '우주복'이라는 이름으로 불리는 레벨D의 방호복이다. 이 방호복은 입고 벗을 때 나름의 교육이 필요할 정도로 어렵다. 중환자실 들어가는 입구에 별도의 공간에서 옷을 입고 들어갔다.

탈의하고 들어가는 복도에서 간호사 한 명이 주저앉아 울고 있었다. 자세히 보니 평소 잘 알고 지내는 간호사였다. 잠시 위로하고 싶은 마음이 들었지만 이내 그만두었다. 모두가 새로운 경험을 하고 있었다. 가이드라인이 존재하기는 하지만, 각자의 자리에서 대처하는 방식은 모두 달랐다. 혹자는 더 많은 상처를 입었을 수도 있다. 개개인에게 필요한 것은 눈물을 흘릴 시간이었다. 위로보다도 지금 그의 시간을 방해하고 싶지 않았다. 더군다나 나는 지금 막 깨끗한 방호복으로 갈아입었는데 불필요한 접촉을 피해야 할 것 같기도 했다.

드레싱이란 환부를 소독하는 행위를 말한다. 방호복을 입고 하는 드레싱은 평소보다 수배는 힘들었다. 두꺼운 장갑 탓에 예민한 손의 감각이 차단되었다. 포셉(의료용 핀셋)을 잡고 거즈에 약을 묻히고 하는 과정들이 너무 불편했다. 옷 때문에 덩치가 커져 거동도 어려웠다. 갑자기 초고도 비만 환자가 된 듯한 기분이었다. 삼십 분쯤 하고 있으려니 속옷까지 땀으로 흠뻑 젖었다. 목의 땀이 하체까지 주르륵 흘러내렸다. 시야에 김이 서려 앞을 보기 어렵고, 방호복 안에서는 땀구멍이 폭발해 온몸이 미끌미끌했다. 나는 서서히 탈진하고 있었다. 그러나 쓰러질 수는 없었다. 어떻게든 끝까지 일을 해냈다. 나보다 훨씬 가녀린 간호사들이 집에도 가지 못하고 일하는 걸 보면 당연히 버텨 내야 했다.

신종 전염병이 찾아든 이곳, 병원은 바로 전쟁터였다. 날아드는 총탄은 없지만 보이지 않는 바이러스가 호시탐탐 나와 의료진과 환자의 생명을 노리고 있었다. 어느 젊은 의사가 감염되어 사경을 헤맨다는 뉴스도 들려왔다. 힘이 들어도 '아이고 죽겠네' 하는 사람은 아무도 없었다. '죽음'이 가능태가 된 현실, 더 이상 농담처럼 쉬이 입에 올릴 만한 단어가 아니었다.

　　탈의실에서 옷을 갈아입고 나니 그제야 긴장이 풀렸다. 주저앉았다가 경직된 근육을 풀고 일어서는 순간 나는 정신을 잃었다. 아마도 탈수이리라. 순식간에 엄청난 수분이 빠져나간 탓이었다. 시간이 얼마나 지났을까. 나는 바닥에 누운 채로 정신이 들었는데, 다른 의료진이 본체만체하며 분주히 옷을 갈아입고 있었다. 아무도 쓰러진 나에게 신경 써 주지 않았다.

　　나는 아까 앉아 울고 있던 간호사를 떠올렸다. 나 역시도 그녀를 그저 지나치지 않았던가. 전략도 있고 전술도 있지만 결국 싸움은 병사의 몫이다. 여력이 있다면 위로와 배려를 할 수 있다. 그러나 긴장 상태에 있는 의료진에게 그런 감정은 사치일 수도 있었다.

그러나 더 중요한 것은 승리였다. 우리는 이기더라도 어떤 방식일지 잘 알고 있었다. 우리의 승리는 황금 트로피보다는 고지를 점령해 꽂은 찢긴 깃발에 가까웠다. 힘들고 지저분한 일이었다. 병과 싸워 이기는 것뿐이 아니었다. 응급실 폐쇄로 새로운 공격을 막아야 하며, 코호트 격리 기간을 참호 안에서 버텨 내야 했다. 대개의 간호사들은 이십 대 초반의 꽃다운 나이였지만, 중환자실 숙소에서 유니폼 두어 벌로 살면서 샴푸만 지급받아 생활했다.

그렇게 2주가 흘렀다. 병원 수간호사는 한 일간지와의 인터뷰에서 "그저 바깥 공기와 바람을 살갗에 느끼고 싶었다."고 말했다. 중환자실 간호사들은 격리가 끝나는 날 부둥켜안고 울었다고 했다. 응급실은 다시 북적거렸고, 배달 음식이 다시 병원으로 들어오기 시작했다.

나도 오랜만에 퇴근을 했다. 퇴근길의 노을이 낯설었다. 문을 여니 집 안의 풍경도 역시 그랬다. 나는 그 길로 침대에 엎드려 긴 잠을 잤다. 다시는 보고 싶지 않은 바이러스. 훗날 이런 추한 경험을 다시 할 날이 올까? 그때 우리는 또 이겨 낼 수 있을까? 이런저런 생각을 하며 잠이 들었던 것 같다. 트로피는 없지만 기쁜 종전 선언이었다.

바이러스는 다시 우리를 찾아왔다. 마치 전쟁의 신이라도 된 듯 자신감 넘치는 모습이었다. 칼끝에 낯선 저주를 얇게 바르고 빈틈을 보이며 우리를 기만했다. 그간 인류가 쌓아 온 지식을 조롱이라도 하듯, 수많은 사람들이 속수무책으로 죽어 나갔다. 떠나간 사람들을 애도할 틈도 없이 슬픔이 있던 자리를 공포가 채웠다. 어느새 음모론은 소문이 되어 바이러스와 함께 공중을 떠돌았다.

COVID-19(코로나-19). 세계보건기구는 유례없이 지명을 떼고 명명해 존재감에 힘을 더했다. 바이러스는 피 묻은 왕관을 머리 위에 쓰고 인류 앞에 거만하게 앉았다. 언제 바이러스가 종식될지 전문가들조차 전망하지 못하고 있다. 코로나-19 이후의 시대(AC, After Corona)에는 예전처럼 일상생활을 하지 못할 거라는 말도 들려온다. 희망은 없고 끔찍한 이야기들뿐이다. 지금으로서는 완전한 재앙이다. 이 싸움이 언젠가 끝나기나 하는 것인지, 의사들도 잘 알지 못한다. 다만 총 한 자루를 들고 연기가 자욱한 전장에 나설 뿐이다.

전염병의 최전선, 그곳은 환자의 호전과 악화를 가장 먼저 볼 수 있는 곳이다. 그곳에서 지난날의 기쁨을 떠올려 본다. 모르는 사이 찾아와 코를 찌르는 꽃향기 같은 승리의 내음. 어두침침한 참호에 한참을 누워 있다 흘렸던 환희의 눈물. 그리고 썩어 버린 땅에 손을 대고 기도한다. 우리에게 행복이 더 이상 사치가 아니기를. 다시 눈부신 생명이 이 땅 위에 만개하기를…….

2부

삶과 죽음의 온도차

나는 '치료자·환자' 관계가 무너지는 것을
끊임없이 경계했다.

사람은 부모 같은 사람의 말은 듣지만,
자식 같은 사람의 말은 흘려보내기 때문이다.

나쁜 소식을 전하는 방법

수없이 환자의 눈물을 보고 그들의 죽음을 지켜보아도
나쁜 소식을 전하는 일은 언제나 힘들다

———

평범한 오전이었다. 나는 정규 교수 회진을 다 돌고 나서, 하루의 지시 사항과 각 환자들에게 해당된 급한 일을 하나씩 명단을 열어 가며 해결하는 중이었다. 컴퓨터 의무기록 명단 중간쯤에 있는 어느 이름을 누르니 못 보던 팝업창이 내 눈길을 사로잡았다.

"병리 결과 확인은 클릭!"

"어? 떴네."

화면을 본 순간 내 심장 박동이 약간 빨라졌다. 거의 일주일을 궁금해하던 박 아무개 할머니의 병리 검사 결과였다. 앞서 진행한 영상 검사는 모호했다. 보통 암이라면 양성 병변과 달리 험악하게 생겼는데, 이 녀석은 순하게 생겼는데도 환자를 좀 심하게 괴롭혔다. 그래서 우리는 할머니의 암 확진을 위한 생검을 해야 했고, 그녀는 컨디션이 회복되지 않아 퇴원하지 못하고 있었다.

"성명: 박 아무개. 병리 검사 결과 (확진): 악성 상피종."

"하아……. 역시나."

나는 허리를 길게 뻗어 의자를 뒤로 해 기댔다.

'그래, 양성일 리가 없지.'

적인지도 모르고 낯선 이와 함께한 긴가민가한 시간들이 끝나는 순간이었다. 암과의 전쟁은 환자의 몸 안에서 일어나는 싸움이다. 싸움이 두려워 여러 차례 정찰과 정보 수집을 했지만 피할 수 없음이 밝혀졌다. 이제는 본격적인 선전 포고를 할 때가 왔다. 싸움은 누군가가 더 많이 죽어 나가, 한쪽이 패배를 선언할 때 끝이 난다. 그게 적이든 환자이든, 군인이든 민간인이든, 전쟁의 땅은 반드시 죽은 자의 배가 흘리는 진물로 황폐해진다. 죽은 자가 누운 땅은 연기를 피우며 풀 하나 자라지 않는 고통에 시달릴 것이다.

이제 암 환자임을 확인했으니 기계적으로 '산정 특례 신청'을 눌렀다. 우리나라 건강보험공단 의료비 지원안에 따르면, 암 환자는 등록일부터 5년간 진료 및 치료 시 5퍼센트만 부담하게 된다. 나의 이 클릭으로 그녀와 보호자들은 치료비 부담을 훨씬 덜 수 있다.

그녀에게 할 수 있는 마땅한 처방을 다 끝내고, 나는 재빨리 다음 환자에게로 마우스 화살표를 넘겼다. 새로 입원한 환자와 퇴원하는 환자들이 몰려 업무가 많은 날이었기 때문이다.

한참을 일하고 있는데 병동에서 전화가 걸려 왔다. 간호사였다. 그녀는 약간 당혹스러운 목소리로 "선생님 담당 환자의 보호자 분이 지금 제 앞에 서 계시고 바꿔 달라 한다."라고 말했다. 당혹스러워하는 걸 보니 불만이 접수된 듯했다. 아침 회진 때만 해도 불평하는 이는 하나도 없었는데 이상한 일이었다. 나는 "전화 바꿔 주세요."라고 대답했다.

"선생님, 이건 좀 너무하지 않나요?"

박 아무개 할머니의 딸이었다. 아뿔싸, 무슨 일이 벌어졌는지 나는 단박에 알아챘다. 내가 당황하고 있는 동안 그녀는 계속 말을 이어 나갔다.

"그래요. 돈 적게 내고 그런 혜택 있다는 건 잘 알겠어요.

그런데 암 있다는 말을 꼭 이런 식으로 들어야 하나요? 선생님과 이 병원에 좋은 감정을 가지고 있었는데, 오늘은 좀 실망스럽네요."

이렇게 된 일이다. 나는 평소 하던 대로 쌓인 다른 업무를 처리하고 있느라 바빴고, 그동안 간호사가 산정 특례가 무엇인지 설명하기 위해 그녀를 찾은 것이다. 당연하게도 보통은 "불행히도 암입니다."라는 설명을 의사로부터 다 듣고, 슬퍼하며 마음의 준비를 한 다음에야 암 환자 등록 같은 행정 안내를 받는다. 이날따라 나와 간호사는 손발이 잘 안 맞았고, 나는 평소보다 더 굼떴고 간호사는 평소보다 부지런해 '암 진단'보다도 '암 환자 혜택'을 먼저 전해 보호자에게 큰 충격을 줬던 것이다. 나는 즉시 그녀에게 "큰 상처를 드려 정말 죄송합니다."라고 사과했다. 그리고 그 길로 병동에 달려가 환자의 마음을 달래야 했다.

단지 '남의 마음을 중요히 생각하는 따뜻한 의사'여서가 아니다. 환자가 충격적인 사건을 받아들이는 방식에 따라 앞으로 치료 예후가 달라지기도 한다. 처음 진단하고 선포한 의사에게 고까운 마음을 가져 불필요한 전원을 전전하다 치료 시기가 놓치는 안타까운 일도 있고, 서운한 마음이 불신으로 이어져 환자가 치료 과정 하나하나를 걸고넘어지기도 한다. 나쁜 소식은 최대한 부드럽게, 그러면서도 정확하게 전달해야 한다.

그래서 요즘 의과대학에서는 '나쁜 소식 전하기'라는 교과 과정도 신설해 가르친다. 배운다고 바로 써먹을 수 있는 건 아니지만 그래도 배우면 좀 낫다. 환자에게도 그렇듯, 모든 주치의도 급작스레 나쁜 소식을 배달할 일이 생긴다. 모두에게 마음의 준비를 위한 충분한 시간은 없다. 병원이나 해당과 특성에 따라 주치의가 마음고생을 더 하는 경우도 있다. 내 의대 친구 하나는 국립 암센터에서 내과 수련을 받았는데, 병원 특성상 암 환자가 내원 환자의 압도적 대부분을 차지했다고 한다. 친구는 자기 소셜 미디어에 이렇게 적었다. "나쁜 소식 전하기, 그렇게 많이 했는데 할 때마다 너무 힘이 든다……." 그만큼 쉽지 않은 일이다.

한 번은 외래 참관 도중 한 종양내과 교수가 나쁜 소식을 전하는 광경을 봤다. 그녀는 젊은 여자였지만, 치료에 있어서뿐 아니라 환자를 대하는 자세에 있어서 나이에 어울리지 않는 노련함을 가졌다.

우락부락한 중년의 남자가 진료실에 들어와 있을 때였다. 그녀는 "암입니다."라고 선언했다. "좋지 않습니다. 오래 사시기는 어려울 것 같아요." 그야말로 죽음의 선포. 이런 무서운 말을 하면서도 단 한 번도 바닥이나 컴퓨터, 문서를 보는 등 환자에게서 눈을 떼지 않았다. 말을 하는 처음부터 끝까지 그녀의 눈은 환자를 향하고 있었다. 혹여나 있을 좋은 일을 기대하게 하는 혀 놀림도 없었다.

그렇게 바짝 말라 건조한 사실을 전달하면서도, 무너져 내리는 환자의 마음을 결코 놓치지 않았다. 환자가 울음을 터뜨리자, 환자에게서 눈을 떼지 않은 채 그녀는 손에 뽑아쓰는 휴지를 짠 하고 내보였다. 잘 보니 사방팔방 팔이 닿는 모든 반경 안에 휴지 갑 여러 개가 놓여 있었다. 손놀림 하나 말 하나가 환자가 적절히 진실을 마주할 수 있도록 장치가 되어 일했다. 모든 방식과 도구가 환자의 마지막을 위한 최고의 예법이었던 것이다. 하루아침에 그 정도의 노련함을 이룰 수는 없다. 수없이 환자의 눈물을 보고, 그들의 셀 수 없는 죽음을 지켜보며, 무딘 칼로 머릿속에 꾹꾹 눌러 힘들게 새긴 기억이 없다면 불가능한 성취다.

그녀가 대단해 보였던 이유는, 자신이 환자에게 어떤 사람으로 기억되는지를 신경 쓰지 않은 사람이었기 때문이다. 나쁜 사람으로 기억되고 싶지 않은 의사는 궁극적으로 아무 일도 하지 못하게 된다. 의료는 기본적으로 서비스직이 아니다. 의사는 환자를 만족시키거나 기쁘게 하기 위해 존재하지 않는다. 의사에게 중요한 것은 병을 고치는 것, 병을 가진 환자에게 필요한 치료에 동의를 구하는 것이다. 몸이라는 한계를 가진 인간에게 현재로서 가장 최선의 선택지를 제공하는 일, 그것이 우리 일을 숭고하게 만들고, 의료인으로서 자부심을 갖게 한다.

나의 경우는 어땠는가. 나 역시 힘겨워하며 많은 나쁜 소식들을 전해야 했다. 그중 한 번은 꽤 마음 아팠던 기억이 있다.

속 쓰림으로 내원한 삼십 대 초반의 젊은 여자였다. 내원할 때부터 최대한 빨리 내시경을 받고 싶다고 재촉하고, 입원을 권유하는 의료진에게 집에 있는 아이 둘을 내버려 둘 수 없다고 퇴원을 조르던 환자였다. 그런데 내시경 결과는 진행성 위암, 영상 검사상 전이까지 되어 있는 상태였다. 그것도 예후가 나빠 수년 내 사망할 수도 있었다.

나는 바로 환자에게 전할 수 없었다. 차마 용기가 나질 않았다. 젊은 사람의 암은 항상 그 안타까움 때문에라도 똑바로 보고 있기 쉽지 않다. 나는 그녀의 보호자를 먼저 찾아봤다. 하지만 다들 같이 오기 어렵다고 했고, 특히 남편은 일 때문에 너무 바쁘다고 했다. 그녀는 괜찮으니 자기에게 말하라고 했다. 나는 몇 번을 망설이다 어렵게 사실을 전했다.

"예후가 나쁜 진행성 위암입니다."

그녀 곁에는 다섯 살 남짓의 딸이 같이 있었다. 그녀는 내 말을 들으며 어린 딸의 조그만 손을 꼭 잡았다. 딸은 "아- 엄마- 아파-." "엄마 젤리 더 줘." 이런 말들을 큰 소리로 칭얼대며 졸랐다. 그녀는 이로 입술을 깨물고 잠자코 내 설명을 듣고 있었다. 그리고 아무 말 없이 딸아이의 손을 잡았다가, 머리를 쓰다듬었다가 하며 눈물을 참았다. 그녀는 지금 딸을 놀라게 하지 않는 것이 자기 죽음을 받아들이는 이 순간보다 더 중요하다고 생각하고 있었다. 젊은 여자가 자기 감정을 이기려는 드문 광경이 마음 아팠다. 그녀가 자기 내면과 싸우는 모습이 내 감정도 크게 흔들었지만, 멈출 수는 없었다. 자식 앞에서 엄마로 남으려는 모습 앞에 나 역시도 최선을 다해야 했다.

나는 그 어느 때보다도 자세하게, 그리고 내가 아는 모든 것, 심지어 내가 알았던 모든 감정의 기억까지도 그녀에게 소상히 풀어놓았다. 환자가 걷는 길이 얼마나 아플지 공부해서 아는 사람으로서 그녀가 앞으로 겪을 모든 고통과 슬픔과 행복을, 조금일지언정 가늠하게 하고 싶었다. 그것이 내가 할 수 있는 작은 최선이었다.

병실 창문 밖으로 듬성듬성 잎이 달린 나무가 흔들렸다. 찬바람이 불고 있었다.

중독자의 최후

'알코올 중독증 환자'라는 고상한 호칭은 없다
그저 '술꾼'일 뿐이다

───

술 싫어하는 사람을 이해할 수 있는가? 마시면 기분이 좋아지고, 모르는 사람과 친구가 되게 해 주고, 소심한 사람의 매력을 캐내는 마법의 물약이 왜 싫다는 것인가?

나는 학생 때 너무 술을 좋아해서 '회식 자리 술 강요'라든가 '주폭 문제'를 신문 등에서 접하면 '또 이슈 하나 잡아 보려고 하는군' 하고 내심 생각했다.

하늘은 그런 현실 모르던 나를 벌주는 것일 수도 있다. 나는 내과 의사가 되어 술 때문에 망가지는 수많은 환자를 만나, 낮은 치료 순응도에, 그러니까 엄청 말 안 듣는 환자들 때문에 힘들어하게 된다.

한 번 알코올 중독자는 높은 확률로 영원한 중독자가 된다. 한 번 병원에 입원한 사람은 반드시 다시 입원한다. 때문에 많은 시간이 들더라도 처음에 왔을 때 금주를 권하는 편이다. 하지만 아무리 "술 끊으세요."라고 말해도 실제로 끊는 사람은 적다. 올 때는 죽을 것 같았는데 입원하고 치료를 받으면 이제는 살 것 같으니 못 끊는 것이다. 그러면서 대답은 또 잘한다. "넵, 줄이겠습니다."

빈말이라도 "끊겠습니다."라고 대답하는 환자는 한 명도 없다. 그리고 집에 가서 또 술을 마신다. 또다시 병원에 실려 온다. 그러면 병원은 또 어떻게든 몸을 만들어 준다. 그리고 퇴원 때 술을 끊으라고 권유한다. "넵, 이제 진짜로 줄여 보겠습니다." 그럴 리가 없다.

만성 알코올 중독자가 되면 치료도 쉽지 않다. 아니, 쉽지 않다는 말로는 한없이 부족하다. 복수로 찬 배는 하늘 높이 솟아 있고, 정신 줄을 놓고 노란 황달 낀 눈으로 간호사에게 욕을 해 댄다.

주폭으로 몇 십 년 사는 동안 가족들은 다 떨어져 나가 보호자도 하나 없다. 간성혼수(간이 기능을 상실해서 정신이 혼미해지는 현상)를 해결하려면 이 힘세고 누런 야수를 묶어 두고 관장을 해야 한다. 양팔 양다리를 서넛이 달려들어 잡고 관장한다. 동물적인 반응만 남은 사람에게 관장을 하기란 결코 쉽지 않다. 똥물이 튀고 욕설을 듣고 가끔 휘두르는 주먹에 맞아도 할 일은 해야 한다. 한 번만 하는 게 아니라 여러 번 해야 한다.

고생 끝에 회복시켜서 퇴원해도 끝이 아니다. 술을 참지 못한 그는 한 달 후 또 온다. 이렇게 악순환은 계속된다. 다수 술꾼의 마지막 모습이다. 조금도 다르지 않다.

이쯤 되면 정신병 아닌가 싶다. 실제로 알코올 중독은 정신과적인 영역이다. 알코올 전문 병원에 입원하는 사람은 운 좋은 케이스고, 조현병이나 우울 장애 같은 심각한 마음의 병을 가진 환자들과 폐쇄 병동에 입원하기도 한다. 폐쇄 병동에서 이들에게 '알코올 중독증 환자'라는 고상한 호칭은 없다. 그저 '술꾼'일 뿐이다.

술꾼들은 폐쇄 병동에 같이 입원한 조현병 환자 같은 정신 질환자를 무시하곤 한다. 생각에 자기는 정상인이니까 말이다. 그런데 의사 입장에서는 술꾼이 더 심각한 사람들이다. 적어도 정신 질환을 가지고 있는 환자들은 그로 인해 고통받는 자아를 잘 알고 있다. 이들과 이야기하고 있노라면, 사회에서 주변 사람에게 피해를 끼치긴 하지만 한편 이렇게 태어난 그들에게 딱한 마음이 든다. 하지만 술꾼들은 술 마실 때 취하고, 깨서는 다 잊는다. 이들에게 다른 정신병을 갖고 있는 환자 정도의 연민은 들지 않는다. 적어도 술꾼들은 한때는 정상인이었다. 알코올 중독이 되지 않을 기회가 있었다.

그렇다고 이들에게 "당신은 그때 술에서 벗어났어야 합니다!" 이렇게 일갈할 수는 없다. 참아야 한다. 누구에게나 자기 인생 나름의 사연이 있다. 같은 삶을 살지 않았다면 주제넘은 말이다.

한 번 '물질 남용'에 빠진 이상 헤어나기 쉽지 않은 상태도 이해해 줘야 한다. 실제로 물질 남용은 이겨 내기 매우 어렵다. 웬만한 의지로는 힘들다. 오랜 기간 술을 마시다 보면 몸이 술을 마신 상태를 정상으로 인지해, 끊게 되면 컨디션이 급격히 떨어진다. 이를 금단 증상이라 한다. 의대 시절 한 교수님은 '아무리 부처님이라도 물질 남용에서 벗어나기는 힘들 것'이라는 쓴 농담을 던졌다. 의료진은 이들 술꾼이 입원한 이상, 그래도 술독에서 탈출시킬 약간의 가능성을 놓치지 않으려 적극적인 노력을 기울인다. 치료자는 이런 사람들을 치료할 때 정보를 주는 조력자보다는 온정주의적 태세를 취하는데, 권위적인 모습으로 금주에 적극적으로 개입하고(또는 윽박지르고) 압박한다. 기존에 나쁜 상태로 돌아갈 가능성이 너무 높기 때문이다.

어느 보통날, 그가 또 입원했다. 벌써 열 번째쯤 되는 입원인 것 같다. 45세 남성. 젊은 그는 이번에도 식사를 하지 않고 며칠 동안 술만 마셨다고 했다. 나는 보호자를 찾았다. 그러다 곧 홀아비임을 기억했다. 당연하게도 그의 아내는 계속되는 폭력에 지쳐 이혼을 선언했던 것이다. 이제 그에게 남은 것은 그래도 피붙이라고 챙기는 어머니뿐이다.

이번에도 끼고 온 그의 죄 없는 어머니는 몇 년 전만 해도 매사에 불만이 많고 의료진에게 사사건건 시비를 걸던 성격 강한 할머니였다. 이제는 그렇지 않다. 죄지은 사람마냥 고개를 푹 숙이고 있다.

그를 찬찬히 뜯어보면 상당한 미남이다. 잘생긴 외모가 술과 쾌락을 부른 것일까. 부리부리한 눈에 커다란 콧날, 작은 얼굴에 키도 크고 연예인 같은 외형이다. 준수했던 그는 젊은 시절 하루가 멀다 하고 술을 마셨다고 한다. 하늘이 준 그의 보물은, 이제는 거대한 복수에 담겨 황달 냄새를 풍기며 썩어 가고 있었다.

처음 그를 만났던 것은 레지던트 1년 차 때였다. 그때도 이미 여러 차례 입원과 퇴원을 반복하고 있었는데, 지금 상태와 비교해 보면 병은 나름 초기였다. 복수가 약간 있기는 했지만 미소도 지을 수 있었고, 화도 낼 수 있었다. (적어도 지금 같은 반 시체는 아니었다.) 나는 그가 퇴원할 때 그래도 남은 유일한 치료법을 제안했다.

"술 끊으세요."

"줄이겠습니다."

그는 이미 여러 번 들어 안다는 듯, 웃으며 대답했다.

그는 고통 때문인지 하루 종일 신음했다. 진통제로도 잘 조절되지 않았다. 하늘 높이 둥그렇게 솟은 배를 스치기만 해도 아야 하며 소리를 질렀다. 초점은 없지만 크게 뜬 노란 눈은 파충류 같았다. 지난번 입원 때만 해도 '이제 그만 죽고 싶다'는 말을 하고는 했지만, 지금은 고통으로 괴성을 지르는 게 전부였다.

급성 악화의 원인은 일단 감염이었다. 전신에 작용하는 주사 항생제를 썼지만 역부족이었다. 정맥혈의 염증 지표는 정상으로 떨어질 기미가 없어 보였다.

가장 큰 문제는 신장이었다. 간 질환 환자의 무서운 합병증 중 하나가 간신증후군이다. 빠른 속도로 신장이 망가지기 시작했다. 45세라는 젊은 나이에 며칠간 소변이 안 나오는 괴이한 경험을 해 본 적이 있을까? 보통의 사람이라면 당황해 응급실이라도 찾을 일이었겠지만, 그는 당황함 같은 사소한 감정을 느낄 수 있는 몸 상태가 아니었다.

핍뇨는 무뇨가 되어 며칠째 지속되었다. 간신증후군에 준해 주사제를 사용했지만 반응은 없었다. 이쯤 되자 그는 통증조차도 호소하지 않았다. 동물적인 반응은 사라지고, 정신을 완전히 잃은 채 얕은 숨을 쉬고 있었다.

'이제 마지막이구나……'

결국 병원에서 끝을 맞이할 것은 알고 있지만, 항상 드는 마음은 '이번만큼은 아니길……'이다. 치료자로서 비겁하다 할 수 있지만 때때로 약한 마음이 드는 것은 피할 수가 없다. 가장 힘든 일은 말할 것도 없이, 보호자를 준비시키는 일이다.

나는 그의 어머니에게 앞으로 벌어질 일을 설명했다. 지금 죽어 가고 있으며, 곧 끝이 온다고. 하지만 그의 어머니는 슬프거나 놀란 표정조차 하지 않았다. 오히려 충격을 받은 것은 그런 반응을 본 나였다.

"이그, 이 웬수 덩어리. 잘 됐어. 아프지나 않게 해 줘요."

"네, 어머니. 당연하죠. 그런데 마지막이 언제쯤 올지, 정확하게는 말씀 못 드리겠네요."

"저렇게 살아 뭐해. 저게 사는 거야?"

그녀는 화가 난 듯 소리치더니, 병실 안으로 걸어 들어가 누운 아들 위로 거친 감정 덩어리들을 서슴없이 툭툭 떨어뜨렸다. 그녀가 던지는 말은 지나치게 날것이어서 진심인지 아닌지를 구분하기도 어려울 정도였다.

"그래. 이제 놓아. 놓고 가라. 다시 오지 마라. 거기는 술 없잖아. 너 괴롭히는 사람도 없어. 나도 없어. 오지 마라. 다 놓고 가. 여기가 뭐가 좋니. 가 버려. 그리고 오지 마라. 다시 오지 마라."

그녀는 앞뒤 별다르지 않은 말을 도돌이표처럼 반복했다. 같은 말, 그것도 미움의 언어를 중얼거리는 그 모습은, 진짜로 그런 생각을 하는 건지, 자식을 잃는 극심한 고통을 이겨 내려 일부러 그러는지 알기 쉽지 않았다.

너 힘들었지. 나도 힘들었어.

엄마와 자식으로 만났지만, 우리는 참 힘든 인연이었지.

자연스럽지는 않지만, 아들인 네가 나보다도 먼저, 이렇게 갈 때
가 되었구나.

나는 너를 만나 좋았지만, 너무 힘들었단다.

매일이 고통이었단다.

술꾼 환자는 신음하다가도 누런 눈을 곧게 뜨고 어머니
를 똑바로 쳐다보았다. 둘은 마지막까지 서로의 얼굴을 담
아 두겠다는 눈을 하고 오랫동안 시선을 떼지 않았다. 하지
만 그 순간에도 끝내 손은 잡지 않았다. 천천히 사그라드는
육친의 끈을 보고 있으니, 나는 눈물이 날 것 같았다.

행려 환자를 위한 기도

입원 결정 버튼을 누르기 전 신중했어야 했다
모든 사람을 괴롭히는 그에게 애정을 잃어 가고 있었다

———

그날 나는 응급실 야간 당직을 서고 있었다. 응급실에 환자가 오면 응급의학과 의사가 초진을 보고, 내과적으로 입원이 필요하면 내과 응급실 당직에게 전화를 한다.

"이러이러한 환자인데요. 입원이 필요해 보입니다."

새벽 세 시. 나는 자다가 깨 전화를 받고 대답했다.

"네……. 입원시키겠습니다."

응급실 당직을 서 본 의사 모두가 공감하리라 확신하는데, 모든 당직 중에 응급실 당직이 가장 고되고 짜증 난다. 새벽이 되고, 두어 시간에 한 번씩 환자가 오면 그날 잠은 다 잤다고 봐야 한다. 안 그래도 부족한 수면에 예민해지는 당직인데, 이날은 특히 더 심했다. 모든 사람이 힘을 모아 나를 괴롭히는 것 같았다.

육십 대 초반의 노숙자. 빼빼 말라 볼품없는 외모와 악취. 길에 누워 있었다고 하고, 아파 보였고, 119 구급대가 신고를 받고 데리고 왔다. CT를 찍었다. 새하얗게 먹은 폐를 보고 활동성 결핵을 의심했을 것이다. 결과를 확인하자마자 다들 "어라" 하고 외마디도 뱉었을 것이다. 발 빠르게 그를 격리실에 집어넣고 소리쳤다. "야, 빨리 내과 콜 해!" 그래서 나는 이렇게 또 응급실에 불려 내려왔다.

이런 CT 결과까지 봤는데 당연히 입원시켜야 했다. 활동성 결핵도 그렇거니와, 다른 감염까지 합쳐져 폐에 물이 많이 고여 있었기 때문이다. 항결핵제와 항생제가 필요하고, 수액 치료도 해야 하는 사람이었다.

'빨리 입원시키고 다시 가서 자면 되겠군.' 나는 고민하지 않고 '입원 결정' 버튼을 눌렀다. 그 버튼을 누를 때 좀 조심했어야 했다. 일 분도 채 되지 않았는데 내 옆에 원무과 직원이 와 있었다.

"선생님, 이 환자 꼭 입원해야 하는 분이겠죠?"

"네. 그렇습니다만. 왜 그러시죠?"

"사실은요······."

행색을 보면 당연한 얘기겠지만 그는 엄청나게 가난한 사람이었다. 의료보호 1종 환자이기도 하고, 적디 적은 치료비를 내지 않고 도망한 전력도 있었다. 한마디로 말하면, 내 결정으로 병원은 큰 손해를 볼 게 확실했다. 잠깐 급한 불만 끈다 해도 단기 입원만 시키고 내보내는 게 가능할지 확신도 없었다. 시술로 폐의 물을 뽑아야 할 수도 있고, 안정되기까지 오래 걸릴 수도 있었다. 그의 말을 듣고 보니 입원 결정이 주저됐다. 나를 먹여 주고 보호해 주는 병원에 폐를 끼치고 싶은 생각은 없었다.

"행려 환자를 받아 주는 국가에서 운영하는 데가 몇 군데 있는데요. 한 번 전원을 고려해 보시면 어떨까요?"

"그런 데가 있었나요? 연락해 보겠습니다."

그런데 원무과에서 알려 준 병원들은 모두 이런저런 이유로 전원을 거부했다. 병실이 없고, 담당자가 없고, 어떤 경우는 의사 자체가 없고······. 모두에게 거절당하고 나니 '막 만들어 낸 이유 아닌가?' 하는 생각까지 들어 기분이 상했다. 내 속은 쓰렸지만 어쨌든 그들의 이유는 일단 모두 납득할 만한 것이었다. 나는 순순히 물러나야 했다. 그렇게 한 시간이 흘렀다. 빨리 입원시키고 좀 자고 싶었는데, 한 시간의 헛수고 끝에 돌아온 원점……. 내 실패를 들은 원무과 직원은 멋쩍게 웃으며 대답했다.

"할 수 없죠, 뭐. 전원도 안 되고, 의사 소견이 그런데 퇴원도 못 시킨다면 입원해야겠죠."

그렇게 해서 현실의 허락을 얻은, 의학적 소신에 입각해 '입원 결정' 버튼을 누를 수 있었다. 그런데 두 번째 시도도 역시 조심했어야 했던 걸까. 환자가 병실에 올라가고 한 시간이 지나고 잠에 막 들려는 순간 걸려 온 전화에 다시 깼다. 병동의 간호사 스테이션이었다.

"선생님. 보호자도 없고, 이런 사람 격리 병실에 올리시면 정말 곤란해요. 우리가 어떻게 봐요. 일인실에 보호자는 없는데 거동도 못하고. 다른 병원 받아 주는 데 없대요?" 사정을 설명하니 이렇게 말했다. "아니, 입원까지 한 병실 환자를 내쫓을 수는 없지요." 그녀도 속상해서 하는 말인 것을 안다. 간호사를 결코 타박할 수는 없었다. 돈 문제가 아니었다. 그보다 더 현실적인 문제였다.

그나마 인원이 많은 낮 동안에도 간호사 예닐곱 명이 병동을 순회하며 봐야 하는 환자 수는 대략 마흔 명이다. 하지만 야간에는 간호사가 단 두 명 있다. 이 인원이 하루에도 몇 번씩 이 환자에게 붙어 있을 여유는 없었다. 주사 라인 잡고 소독하는 의료 행위 외에도 힘든 일들이 쌓여 있다. 밥 먹이고 똥 치우고 몇 시간에 한 번씩 체위 변경을 해야한다. 돈이 없는 사람이니 간병인을 쓸 수도 없고, 일인실에 격리해야 하니 잠깐 봐 달라고 부탁할 옆 침대 간병인도 없다. 무엇보다 이 환자 하나 때문에 다른 환자들이 방치될 가능성이 높았다.

모두가 거부하는 환자. 게다가 다른 환자의 치료에 해를 끼치는, 그야말로 천덕꾸러기였다.

날이 밝아 공공 의료 기관들에 공식 문의했으나 다시 납득할 만한 이유로 모조리 거절을 당했다. 모두가 전원을 원했으나 환자가 갈 곳은 없었다. 미우나 고우나 우리가 데리고 있어야 했다.

그로부터 모두가 이 환자 때문에 나름의 고통을 받았다. 의사 입장에선 병세가 워낙 중해 치료가 쉽지 않아 힘들었다. 간호사들은 과중한 노동으로 인한 피로를 호소했다. 원무과와 보험과는 비급여 치료가 생길까, 기간이 길어지지는 않을까 전전긍긍했다. 모두의 볼멘소리가 이어졌다. 이들을 애써 못 본 체 무시하며 치료를 계속하는 수밖에 없었다. 종일 동료의 고통을 못 본 체하려니 밥을 먹어도 입맛이 썼다. 환자가 빨리 퇴원해야 끝나는 고통이었다.

그러던 입원 나흘째. 잠만 자던 그가 드디어 눈을 떴다. 이를 발견한 간호사가 병동에서 전화로 알려 왔다. 나는 심드렁하게 알았다고 대답하고 바로 찾아가 보지도 않았다.

사실 기적 비슷한 일도 아니었다. 다행히 치료에 반응했고, 컨디션이 좋아지니 정신이 든 것이다. 초반에 너무 마음 고생을 했는지, 별다른 보람도 없었다.

나를 지나치게 괴롭히는 그에게 애정을 잃은 것이었을까? 나뿐만이 아니었다. 간호사들도 그의 회복에 기뻐하는 눈치는 전혀 없었다. 그도 그럴 것이 깨어난 그의 태도가 지나치게 거만해 도와주는 이들을 분노케 했다.

그는 혈세로 입원해, 비싸서 구경도 못할 일인실(결핵으로 인한 격리)에 상전처럼 누워, 외로워서인지 별일이 없을 때도 콜 벨을 눌러 댔다. 다 먹은 우유 팩 빨리 치워 달라고 의사를 부르고, 식판을 가져가지 않는다며 "간호사!" 하고 소리쳤다. 선의를 가지고 일하던 의료진들도 그의 뻔뻔함에 지쳐 갔다.

눈치 또한 정말 없는 양반이었다. 꾹 참고 자기 똥 기저귀 치우는 간호사에게 "내가 한때 잘나갔던 사람인데" 하고 치근대기 일쑤였다. 오랜 기간 길에서 외로이 지내는 신세였다가, 깨끗한 병원에 와 친절히 대해 주는 사람을 만나니 본인도 모르게 나온 말이겠지만, 간호사들이 자기를 참는 만큼은 인내했어야 했다. 간호사들은 분통을 터뜨렸고 가끔 우는 신규 간호사도 있었다. 이런 일이 생기면 수간호사는 훌쩍이는 막내를 달래다 내게 원망을 담은 전화를 걸곤 했다. '입원장을 수락한 원죄' 때문이랄까. 나는 군말 없이 뒤처리에 나섰다.

"환자 분, 자꾸 이럴 거예요?"

아마도 그는 오랜만에 힘을 회복했고, 좋은 기분을 드러내고 싶을 터이다. 그러나 그는 자신의 회복 과정이 타인을 힘들게 만드는지 짐작조차 하지 못했다. 오랜 노숙 생활로 폐만 끼치는 삶에 완전히 적응해서였겠지만, 병원에서 이런 행동은 용납될 수 없다.

나도 화낼 줄 안다. '환자 분'이라고 불렀지만 '어이 아저

씨'에 가까웠다. 벌써 몇 번째 타박이었다. 이번에는 좀 심하게 다그쳤다. 그는 듣기 싫다는 듯, 아무 말 없이 등을 돌려 누웠다. 처음에는 맞대어 화내는 사람이었다. 이제는 자기도 잘못한 것을 아는지 아무 말도 하지 않았다.

침묵은 며칠간 지속됐다. 시무룩한 건지 마음은 알 수 없지만, 폐만 끼치는 자기 입장을 조금은 알게 된 모양새라 간호사들은 좀 살 것 같다고 했다. 나는 그제야 동료에게 미안함을 조금이나마 덜 수 있었다.

내가 근무하던 병원은 종교 재단의 소유였다. 그리고 내 신앙은 우리 병원의 종교와 전혀 접점이 없었다. 다행히 근무하는 동안 병원의 사내 포교가 전혀 없었다. 처음 입사할 때는 그런 일이 혹시 있지나 않을까 약간 걱정되는 마음이 있었다. 그래서 나는 이 병원에 입사하는 것을 내 믿음에 대한 하나의 도전으로 보았다. (물론 기우였다.) 이 도전을 이기기 위해 나만의 노력이 있어야 할 터였다. 나는 환자를 위해 기도하기로 결심했다.

모든 환자에게 내 믿음을 강요할 수는 없었고, 간호기록지에 쓰여 있는 종교란을 참고해 기도해 드려도 될지를 묻고 진행했다. 부끄러운 이야기지만, 많은 환자들이 감동했다고 했다. 치료자의 기도가 흔하지 않은 경험이었기 때문이다. 하지만 감동받은 건 오히려 나였다. '온전한 치료'라고 말할 때면 울컥하곤 했다. 절대자만이 할 수 있는 '온전한 치료'는 입에 담는 것만으로도 내면을 압도하는 힘이 있었다.

행려 환자는 얌전히 굴기로 결심한 이후 별문제 없이 지내고 있었다. 한편 나는 그의 시무룩한 모습에 미안한 마음을 가졌던 것 같다. 당연히 나와는 매일 만나면서도 서먹한 사이였고, 치료자와 환자의 관계 이상도 이하도 아니었다. 한편 치료에 있어서는 초조한 마음이 있었는데, 탈수 증세가 나아지면서 반짝 좋아지는 것 같았지만 염증 수치 등은 전혀 떨어지지 않고 있었다. 승압제도 쓰고 있었는데 약을 끊고서는 살아 있을 수가 없는 상태였다.

정신적인 문제도 있었다. 하루 종일 격리실에 처박혀 갑갑한 신세를 고려하면 (물론 혼자 걸을 힘도 없지만) 정신적으로도 피폐해져 있을 것 같았다. 나는 우리 관계를 회복시키기 위해 기도를 하기로 했다.

시작은 가벼운 대화였다. 과거에 잘나간 사람이라니, 예전 배경이 궁금하기도 해 물어보았다. 그는 한 번도 이런 질문을 한 사람이 없었다고 하며, 화색을 띠고 자기 살아온 이야기를 꺼냈다. 어린 시절부터 시작한 연대기적 설명에 나중에는 다소 지쳤지만(격리실에서 엄청나게 답답한 N95 마스크를 끼고 긴 시간 이야기를 듣는다는 게 결코 쉽지 않았다.) 관계 회복이라는 목표를 가지고 병실에 들어온 만큼 참아 내야 했다. 몇 분쯤 듣고 있었을까. 그는 깜짝 놀랄 만한 흥미로운 이력을 꺼내 보였다.

"그리고 내가 공중파 방송 성우였는데 말입니다."

그의 나이를 생각해 보면 한창 활동했을 시기는 1980년대에서 1990년대. 성우가 외화, 만화영화 등 수많은 장르에서 역할을 맡아 승승장구하던 시기였다. 프리랜서도 아니고 공채 성우라니 당연히 잘나가던 사람이 맞았다. 자기 예명을 알려 주기에 검색해 보았더니 살이 통통하게 찐 모습만 달랐지 동일인이었다. 그의 동기라는 사람들도 다 내가 한 번쯤은 들어 본 쟁쟁한 사람들이었다. 대한민국 어디든 티브이만 켜면 자기 목소리가 들리던 빛나는 시기가 지나가고, 이렇게 삐쩍 비틀어진 늙은 노숙자가 되어 어린 의사에게 타박을 듣는 신세가 된 것이다.

사업 때문에. 흔한 이야기였다. 한 번뿐인 인생, 그것도 남들보다도 빛나는 것이었는데, 그래서인지 다른 이의 실패보다도 더 크게 느껴졌다고 한다. 그런데도 그는 지난 인생을 떠올리며 울지 않았다. 이미 여러 번 되뇌어 곱씹었던 인생이었을 터였다.

"제가 기도해 드리면 어떨까 하는데요."

"아이고, 선생님이 기도를 해 주신다니요."

그는 매우 기뻐했다. 다행이었다. 내 제안을 행복해하며 받아들이는 그의 모습에 나도 기분 좋았다. 우리는 눈을 감고 각자의 두 손을 모았다. 나는 그에게 엿들은 인생을 모아, 그가 조물주에게 하고 싶었을 언어로 기도했다.

"이 모든 병과 고통에 감사드립니다. 인생의 긴 상처에 고통받았지만, 시련에 울분과 원망뿐인 삶이었지만, 이 병을 통해 제가 인생을 다시 돌아보게 됩니다. 이런 기회를 주심에 감사합니다. 의사는 최선을 다하고 있으나, 제 목숨은 당신께 달려 있습니다. 이 병을 낫게 해 주신다면, 남은 생을 당신의 사랑을 다시 느끼는 계기가 되게 해 주십시오."

"하지만 부디, 지금 이 병에서 낫기를 원합니다. 간절히 원합니다. 그럼에도 모든 것은 당신의 뜻대로…….”

그는 내 기도가 채 끝나지도 않았는데 울먹거리기 시작했다. 그리고 내가 말을 쉴 때마다 소리쳤다.

“아멘!”

“아멘!”

그는 바짝 말라 버린 몸 구석구석을 짜내 목이 터져라 질러 댔다. 승압제가 없으면 당장이라도 끊어질 가녀린 목숨이었지만, 그 어느 때보다도 힘이 넘치는 듯했다.

집에서 죽고 싶다

암 환자에게는 죽음의 순간이 너무도 빨리 찾아온다
단 한 번뿐인 순간이기에 딜레마가 생겨난다

———

이렇게 완강한 보호자는 처음이었다. 화가 난 얼굴은 아니었다. 단지 의사가 자기 아버지를 건드리지 못하게 하겠다고 마음먹은, 비장한 표정이었다.

의사로서 오늘 내가 마주한 이는 팔십 대의 남자, 그가 대면한 일생일대의 도전은 대장암이었다. 매끄럽게 빛나는 붉은 점막을 밀고 나와 울퉁불퉁한 투구를 이고 있는 적장은, 긴 시간 대한민국 곳곳의 유명 의료진과의 싸움에서 승리를 이끌었다. 환자는 패자였지만 강한 삶의 의지를 가졌다. 항암 치료는 고통이었지만, 그의 의지는 고통을 이길 수 있었다. 다만 그 의지는 무한히 이어지지 못했다.

나는 아직 젊은 나이여서 죽음이 가까워진 사람의 공포를 잘 이해하지 못한다. 하지만 내가 본 어떤 환자들도 그 공포가 익숙한 사람은 없었다. 나이 든 환자도 마찬가지다. 공포에 익숙해지려면 무엇보다 시간이 제일이다. 고통이 길어지면 '차라리 죽는 것도 나쁘지 않겠다'는 생각이 든다. 노인이 되면 오랜 시간 장애를 가지고 살고, 그래서 젊은이보다는 공포를 잘 받아들이는 것 같다.

특히 암 환자에게는 진단의 순간도, 죽음의 순간도 너무 빨리 다가온다. 잘 알지도 못하는 치료를, 어려운 말로 설명하는 의사의 말을 듣고 빨리 결정해야 하고, 혹여나 치료에 실패할 경우 마지막도 빨리 받아들여야 한다. 서둘러 짐을 싸느라 빠뜨린 것이 행여나 있을까, 인사도 못하고 가지는 않을까 복잡한 마음이 들겠지만 빨리 곁으로 치워야 한다. 죽음이라는 열차는 사람을 억지로라도 집어 태운다.

그런데 이 환자는 죽음을 맞닥뜨렸을 때의 공포를 두려워한 용자였다. 준비하지 못한 공포감은 자기를 탐탁지 않은 곳으로 인도할 것이다. 그래서 그는 건강하던 때에 이미 저승 가는 보따리에 무엇을 넣어야 할지 고민을 끝냈다. 그 중 가장 중요하게 생각하던 둘은 다음과 같다.

첫째, '병을 얻는다면 완치를 위해 모든 노력을 기울인다'. 대단한 생의 의지이자 승리를 향한 기치였지만 병의 거센 바람에 꺾여 버렸다. 이 준비물은 넣는 데 실패했다. 둘째, '집에서 죽고 싶다'. 보호자에 따르면, 거의 유언의 주제를 이루는 선언이었다.

"낯설고, 차갑고, 비인간적인 병원에서 죽고 싶지 않다."
지극히 당연한 생각이지만 실제로 행동에 옮기기 쉽지는 않아, 현실에서는 드물게 일어나는 일이다. 왜냐하면 아무리 중한 병환이라도 이번 고비만 넘기면 그래도 한두 주는 더 살 수 있기 때문이다. 죽을 때가 다 된 몸 상태라면 대부분의 환자는 정신을 잃어버린다. 아무리 죽음에 대해 훌륭한 대비책을 가지고 있다 하더라도, 자기 결정권이란 존재하지 않는다. 환자의 죽음에 대한 고유의 결정 권한은 보호자에게 넘어간다. 대부분은 자녀들이다. 이들은 첫째 '내 죽음'이 아니고, 둘째 그래서 별로 생각해 보지 않은 부모의 죽음을 결정하게 된다.

아무리 환자가 오랫동안 중병을 앓아 왔다 하더라도, 자녀들은 그 순간이 오면 슬프고 당황해 어쩔 줄 몰라, "일단 살려 주세요."라고 말한다. 환자가 평소 '어떻게 죽게 해 달라'고 의견을 피력했다 하더라도 그 순간이 오면 그대로 이행되는 경우는 매우 드물다. 죽음의 순간은 누구에게나 단 한 번뿐이기에, 그 중요한 순간은 모두를 당황하게 한다. 하지만 그 당혹감은 매우 이해할 만한 것이다.

그런 점에서 이 환자의 자녀들의 완고한 태도는 고무적이라 할 수 있지 않을까. 평소 환자는 자녀들에게 "나는 반드시 집에서 죽겠다. 너희는 내가 그렇게 갈 수 있도록 하라."라고 끊임없이 말했고, 자녀들은 그의 뜻을 그대로 이행하기로 결정했다. 사람이 병원에서 죽으면 의사의 사망 선언으로 끝이지만, 집에서 죽으면 경찰이 가서 번거로운 절차도 거쳐야 한다. 거기에 '그래도 아프신데 병원에 모셔야 하지 않나. 집에서 모시는 건 불효 아닐까.' 하는 생각도 들 것이다. 그러니 자녀들 입장에서는 부모님의 임종을 집에서 맞이하겠다는 결심이 결코 쉽지 않았을 것이다. 나는 그런 점에서 이들의 결정을 대단하다고 생각했다.

이 환자는 암의 전이뿐 아니라, 패혈증을 앓는 상태였다. 패혈증으로 전신 컨디션이 떨어지며 정신을 잃자, 보호자들은 혹여나 마지막일까 병원에 모시고 온 것이다. 환자는 병도 중했지만 통증을 호소하는 증세도 심했다. 암이 복막을 건드려 복부 통증이 심해 주사제로 마약성 진통제가 꼭 필요할 정도였다. 그것 없이는 마지막 순간 극한의 통증에 고통받을 수도 있었다. 때문에 나는 그들의 의중을 충분히 이해했지만, 병원에서 마지막을 보내시기를 여러 차례 권유했다.

그때 나는 보호자들의 완강한 표정을 목격했다. 삼 남매 모두 한뜻이었다. 그중 막내딸은 나와 비슷한 또래였는데, 초롱초롱한 눈빛을 보니 평소 자기 뜻을 모두 관철시키는 대단히 똑똑한 사람 같았다. 그녀는 '이 의사는 내게 맡겨' 하는 눈짓을 형제들에게 보내고 나를 무섭게 쪼아 대기 시작했다.

"우리 아버지는 강한 사람이에요. 평생을 고생만 하고 사셨지만 다 이겨 내셨어요. 아버지가 죽을 때가 다 되었다는 말이죠? 그 말은 잘 알아듣겠습니다. 하지만 마지막 순간만큼은 당신 뜻대로 하고 싶습니다. 지금 쓰고 있는 약 다 알약으로 주시고, 집에 보내 주세요."

그녀 논리의 허점을 찾았다.

"알약이라뇨. 정신이 혼미하신데 어찌 알약을 드십니까. 주사제 모르핀을 얼마나 드려야 통증이 잡히는지 알 때까지만이라도 여기 계시고, 그 용량이 정해지면 맞는 용량대로 마약성 패치를 붙여 귀가하는 걸로 하면 어떨까요?"

"선생님이 조금 전에, 금방이라도 돌아가실 수 있다고 하지 않았나요? 입원해 있다가 돌아가신다면 당신의 소원대로 할 수 없는 것 아닌가요?"

그녀도 내 논리의 허점을 찾아내 무서운 반격을 퍼부었다. 정말이지 난감했다. DAMA(discharge against medical advice)라고 하는데, 의학적 조언에 반해 생기는 딜레마를 말한다. 어떤 선택이 환자에게 가장 좋은 길일까. 패혈증이 있는데도 항생제를 안 쓰고 집에 보내는 게 잘하는 일일까? 통증이 있더라도 자기 선택대로 하게 하는 편이 옳을까?

의료진은 고민 끝에 그를 집에 보내 주기로 결정했다. 환자의 침대가 저녁 시간이라 텅 빈 병동 복도를 미끄러져 나갔다. 이송 요원과 보호자는 천천히 걸었고, 무거운 침묵이 레퀴엠 같은 장송곡처럼 낮게 들렸다. 중년의 삼 남매는 아버지 곁을 뚜벅뚜벅 걸었다.

아무도 소리 내어 울지도, 눈물을 흘리지도 않았다. 입을 굳게 다물고 가끔씩 아버지를 내려다보며 '우리가 지켜 드릴게요' 하는 표정을 지을 뿐이었다.

중환자실에서의 은밀한 만남

사람 목숨은 생각보다 질기다
그리고 사람의 욕망 또한 그렇다

———

　당연한 말이지만, 중환자실에는 목숨이 위태한 환자가 온다. 목숨은 생각보다 질기다. 젊다면 가중치를 얹어도 된다. 젊은 사람은 잘 죽지 않는다. 중환자실에 오는 이는 대부분 노인들이다. 가끔 중환자실의 문을 두드리는 젊은 환자가 있다. 노인들은 작은 변화에도 민감한 약한 이들이니 별로 해 드릴 게 없어도 그냥 좀 지켜보고 싶으면 중환자실에 들어오게 하지만, 젊은 환자의 입원은 의미가 좀 다르다. 그에게 목에 칼을 겨누는 일생일대의 사건이 일어났을 가능성이 높다.

그는 사십 대 초반의 젊은 남자 환자였다. 죽음의 외줄을 타고 중환자실로 실려 들어왔을 때, 그를 살리느라 밤새 기울인 노력은 말로 다할 수가 없다.

알코올 중독자. 밥도 안 먹고 술만 몇 달을 마셨고 간은 망가질 대로 망가져 딱딱하게 굳어 버렸다. 간경화다. 심하게 진행되면 전신을 도는 피가 간으로 가지 못해 이곳저곳으로 우회로를 낸다. 대부분 그 경로는 식도이다. 이를 식도 정맥류라고 한다. 전신을 도는 혈액이니 당연히 엄청난 양이고, 여차하면 식도 정맥을 터뜨리고 뿜어져 나온다. 식도 정맥류 출혈은 초응급이다. 실혈의 양에 따라 피가 없는 사람이 되어 죽을 수도 있다. 수혈하면 되지 하고 생각할 수도 있겠지만 그리 간단한 문제가 아니다. 전혈의 삼투압은 식염수보다 월등히 높다. 때려 붓는 대로 심장의 노동이 증가하고, 늘어나는 혈장량이 가하는 압력에 출혈을 더 조장할 수도 있다. 유일한 방법은 터져 버린 강둑을 미약하게나마 막아 보는 것인데, 이 역시 즉시 시행하기에는 현실적으로 무리가 있는 경우가 많다.

이 환자의 경우도 그랬다. 술을 먹다가 서양 전설의 용처럼 피를 불처럼 뿜어 댄 이후 정신을 잃고 응급실로 실려 왔다. 실혈량이 상당했지만 앞서 말했듯이 무턱대고 수혈을 할 수는 없었다. 식도 어딘가에 정맥이 불뚝 솟아 있다가 터져 피가 뿜어져 나오는 것이 분명했다. 내시경 시술로 터진 정맥을 묶어야 했다. 하지만 지금은 새벽이고, 시술 팀을 바로 소집하기까지 시간이 필요했다. 나는 SB튜브(Sengstaken‐Blakemore tube)를 넣기로 결정했다. 이는 환자의 입안으로, 식도를 거쳐 위 안까지 집어넣고 부풀리는 튜브다. 튜브는 식도 쪽은 긴 풍선, 위쪽은 둥근 풍선으로 되어 있다. 튜브가 부풀면 위의 들문 아래로 걸리게 되고, 그 위쪽으로 긴 풍선이 식도 출혈 부위를 전반적으로 막아 준다. 풍선 압박이 성공적이라면 그 후에는 튜브를 고정해야 한다. 그다음에는 식도 정맥으로 가는 혈류를 줄이기 위해 누운 환자를 매다는 식으로 위에서 당긴다. 1킬로그램 정도의 약한 힘으로 당기지만 상체가 약간 들려 매달린 환자를 보고 있으면, 어김없이 무너진 인간성이 느껴져 기분이 영 좋질 않다. 그렇다 하더라도 살 수만 있다면 내 기분 따위가 뭐 그리 대수겠는가.

　나는 헤모글로빈 수치를 맞추기 위해 수혈 속도를 계산하고, SB튜브 고정각을 맞추고, 상급자에게 보고하고, 내시경을 하고, 이후 피 검사 결과를 보느라 새벽을 뜬눈으로 보내야 했다. 노력 덕인지 그는 그렇게 살아났다. '다행이다!' 내 노력에 그가 응했다는 생각이 들어, 살아난 그의 모습이 기뻤다.

"으이그. 처음에 어땠는지 기억나기는 해요?"

"아뇨, 선생님. 전혀 기억이 안 납니다. 정말 그 정도로 안 좋았습니까? 믿기지가 않는데요."

"그래요. 이젠 술 끊을 때도 되지 않았어요? 언제까지 이런 악순환을 탈 겁니까."

"이젠 정말, 정말 끊어 봐야죠. 또 술 마시면 내가 진짜 미친놈입니다. 이게 말이죠. 원래 처음부터 먹으려고 한 게 아닙니다. 사실 꽤 오래 끊었단 말이에요. 아! 아닌가? 아무튼 요즘 안 좋은 일이 있었어요. 그래서 안 먹을 수가 없었단 말입니다⋯⋯."

실려 올 때만 해도 정신이 완전히 나가 있어서 몰랐는데, 알고 보니 환자는 다소 수다스러웠다. 업무가 바빠 잡담을 할 시간이 없었지만 정신이 돌아와 떠드는 모습이 만족스러워 나는 오전 바쁜 시간을 약간 할애했다. 살아난 것은 당연하고 전반적인 상태가 좋아질 게 확실해 보였다.

　중환자실에는 오전과 오후 삼십 분씩 면회 시간이 있다. 당연히 주위 침대에 많은 방문객들이 다녀갔으나 그는 입원 첫날 내내 혼자 있었다. 이유를 알아봤더니 가족이 없었다. 많은 술꾼들이 그렇듯, 그 역시 주변 사람들에게 많은 고통을 줬고 모두가 그를 떠났다. 오후 면회 때는 친구라는 사람이 몇 찾아왔다. 그래도 제정신일 때는 제대로 된 인간관계를 맺고 지내는 듯 보였다. 이런 심한 간경화 환자는 보통 예후가 나쁘지만, 친구 같이 알고 지내는 인간관계가 있다면 좀 낫다. 가까운 사람들이 금주를 돕는다면 그것만으로도 큰 효과가 있다.

　곧 일반 병실로 올라갈 계획을 했다. 그런데 사건이 벌어졌다. 그날 밤부터였다. 나는 당직을 서고 있었고 간호사들이 급하게 내게 전화를 걸었다.

　"선생님! 이 환자 진전 섬망 같아요! 빨리 와 봐요!"

　진전 섬망은 중증의 알코올 중독자가 술을 줄이거나 끊으면 발생하는 현상이다. 이 환자의 경우 충분히 가능성이 있었다. 전반적으로 정신 불안이나 환시, 환청, 방향 감각

상실, 자율 신경계 이상으로 소리를 지르고 몸에 벌레가 기어 다니는 환각을 느끼는 등 얼핏 미친 사람 같아 보이기도 하는 증세다. 나는 당직실 침대에서 튀어나와 대충 가운을 걸치고 중환자실로 뛰었다. 과연 환자는 눈을 꾹 감고 몸을 뒤틀고 양팔을 공중으로 휘휘 젓고 있었다. 가끔씩 신음 섞인 동물적인 소리도 내는 걸 보면 조절해야 할 증상으로 보였다.

그런데 좀 이상했다. 진단이 명확히 떨어지지 않았다. 진전 섬망에서 흔히 보이는 손 떨림도 없었고, 일단 날짜가 안 맞았다. 환자는 입원 직전까지도 술을 마셨다고 했다. 이를 감안한다면 진전 섬망치고는 너무 빨리 나타난 것이다. 간성혼수도 고려해 봤지만 이 역시 애매했다. 임상적으로 판단이 잘 서지 않자 피 검사를 해 보았다. 결과는 깨끗했다. 나는 갑자기 발생한 정신 변화에 대체 원인이 뭔지 고민에 빠졌다.

다행히 환자는 곧 안정을 되찾았고, 약간의 조치로 섬망 증세는 사라졌다. 나는 다음 날로 고민을 넘기고 다시 잠에 들었다.

의뢰 내용: 알코올 금단으로 인한 섬망

수신과: 정신건강의학과

의뢰과: 소화기내과

협진:

안녕하십니까, 선생님.

상기 40세 남자 환자, 만성 알코올 중독, 위식도 정맥류로 본과 입원 치료하고 있는 자로, 3개월 전부터 2일에 1회 막걸리 1병씩 마시는 음주 행위 있었습니다. 본과적으로 토혈이 있어 위식도 정맥류 출혈 진단하에 내시경적 결찰술을 시행하고 중환자실에서 경과를 보고 있습니다.

어제 양팔을 뒤흔들고 몸을 꼬는 행태를 보이는 섬망 증세가 있었고, 로라제팜(신경안정제) 0.5 앰플 정맥 정주(점적 주사) 이후 곧 안정화되었습니다. 연 2일간 유독 밤에만 섬망 발생하고 있고 낮 동안에는 의식이 또렷합니다. 임상적으로 진전 섬망보다는 내과적 컨디션 저하로 인한 섬망으로 판단하고 로라제팜 정주는 중단하였습니다.

귀과적으로 적합한 치료 계획에 대해 고견을 구하고자 협진 드립니다. 바쁘신 와중에 부디 고진 선처를 부탁드립니다. 감사합니다.

답신:

의뢰 내용대로, 현재로서는 내과적 상태 악화로 인한 섬망에 가까운 것으로 보입니다. 정신 증상 호전을 위해서는 내과적 상태 호전이 필요할 것으로 보이나, 과민 반응이나 불면 등이 심하다면 본과 약 투여를 고려하십시오. 팔리페리돈(정신분열증 완화제) 3mg 자기 전+로라제팜 0.5mg 경구 투여를 고려하실 수 있겠습니다. 또한 티아민(비타민B1) 결핍이 있을 수 있으므로 보충해 주십시오. 의뢰해 주셔서 감사합니다.

의뢰 내용: 간질 발작 의증

수신과: 신경과

의뢰과: 소화기내과

협진:

안녕하십니까, 선생님.

상기 40세 남자 환자, 만성 알코올 중독자로 본과적으로 위식도 정맥류 결찰술 시행 후 중환자실에 입원 중인 자입니다. 최근 3일간 야간에만 보이는 섬망 증세가 있으나 정신과 답변상 진전 섬망 가능성은 떨어지고, 내과적으로도 컨디션 저하로 인한 섬망 가능성은 떨어져 보입니다. 간질 발작 등 귀과적 원인을 완전히 배제하기 어려워 뇌파 검사를 시행하였습니다. 귀과적 고견 구하고자 협진 드립니다. 고진 선처 부탁드립니다. 감사합니다.

답신:

당시 경련이 있었다면 알코올 금단으로 인한 경련이겠으나, 뇌파에서는 경련이 있었던 증거는 없습니다. 환자를 면담하였는데 의식은 명료하나 다소 흐린 의식으로 보이기도 합니다. 섬망 가능성에 대해서는 뇌의 구조적 문제를 감별하기 위해 뇌 MRI나 조영제 CT를 고려해 보십시오. 구조적 문제는 없고 뇌파 이상도 없는 알코올 금단으로 인한 경련이라면 항경련제를 지속적으로 투여할 필요는 없습니다. 감사합니다.

벌써 5일째. 협진을 두 건이나 진행했는데 고민이 더 깊어졌다. 섬망은 오늘도 지속되고 있었다. 알코올 금단 섬망, 간질 발작, 내과 컨디션 저하, 모두 아니라면 대체 뭐가 원인일까.

신경과에 경련과 관련한 협진을 보내기는 했지만 실상 경련 같은 몸짓도 아니었다. 너무 원인을 모르겠으니 써 본 서신이었다. 생각해 보면 권유받은 MRI나 CT는 비용 대비 효과를 기대하기 어려웠다. 뜬금없이 뇌종양이나 출혈 등이 발견될 가능성도 낮아 결국 헛수고로 끝날 확률이 높았고, 더군다나 환자는 가족도 없는 가난한 사람이었다.

생각에 잠겨 있는 동안에도 환자는 양팔을 공중으로 휘젓고 있었다. 나는 한숨을 쉬며 말했다. "그냥 로라제팜 정주 0.5 앰플 하죠." 원인도 모른 채 약을 쓰는 기분에 쓴맛이 났다. 처음에는 호들갑을 떨던 간호사들도 이제는 대답 없이 주사기를 들고 환자를 향해 타박타박 걸어갔다. 환자가 나아질 기미가 없으니 모두가 힘든 것을 넘어 지쳐 있었다. 원인 하나 밝히질 못하는 주치의에 대한 원망도 있는 것 같았다. 나 역시 이 상황에 신경이 예민해져 있었다.

잘 보니 환자 옆에 1.5리터짜리 투명한 페트병에 물이 가득 담겨 있었다. 몸 깊은 곳에서 짜증이 확 올라왔다. 간경화 환자는 수액의 양도 제한해야 한다. 몸의 제3의 공간으로 물이 줄줄 새 부종이 생기기 때문이다. 물을 마시는 것역시 그랬다. 특히나 이 환자는 식도 정맥 결찰술까지 한 환자였다. 저렇게 벌컥벌컥 마셔서 매듭이 풀리기라도 하면큰일이었다.

"아니, 저 큰 페트병은 뭡니까. 설마 물이에요? 볼륨 조절중요한 거 몰라요?"

"보호자가 주고 간 물 같은데요. 치울게요."

"빨리 치워 주세요."

내 타박에 간호사도 기분이 언짢은 듯 보였다. 그녀는 찡그린 표정으로 환자에게로 걸어가 바퀴 달린 테이블에서페트병을 잡아 내렸다. 그리고 습관처럼 냄새를 맡아 내용물을 확인하는 순간, 짜증스러운 표정이 놀라움으로 경직됐다. 그녀는 눈이 휘둥그레져서는 나를 쳐다보며 말했다.

"선생님, 이거 소주인데요."

모든 퍼즐이 풀렸다. 그간 환자는 알코올 금단 섬망도 경련도 아니고 단지 취해 있던 것이었다. 냄새를 맡아 보니 과연 술이었다. 소주 본연의 소독약다운 냄새와, 환자의 입에서 섞여 나왔을 법한 균들이 버무려져 특유의 시큼함을 만들어 냈다. 나는 황당하기도 하고 화나기도 해 환자를 흘겨 봤다. 하지만 그는 이런 내 마음은 알 바 아니라는 듯 여전히 침대에 누워 양팔을 휘젓고 있었다.

다음 날 아침, 나는 환자를 취조하듯 다그쳤다. 환자는 죄지은 사람처럼 고개를 숙였다. 술병은 환자의 부탁으로 친구가 몰래 반입했다고 했다. 나와 다른 의료진은 그것도 모르고 애써 다른 원인만 뒤졌으니, 사실을 알고 난 뒤의 허무감과 실망감은 상당했다. 환자는 규정을 어겼고, 당장 퇴원 수속을 밟아야 했다.

나는 아주 단순한 사실을 잊고 있었다. 환자 안에 은밀히 '어떤 병'이 숨어 있을 거라 생각했고, 비밀스러운 병을 내 언어로, 내 진단명으로 규정해 치료하겠다고 생각했다. 나는 어렵게 쓰인 내과 교과서 어느 한 페이지에 있을 법한 병태 생리의 비밀을 좇았지만, 실상 진실은 그의 욕망 수준에 머무르고 있었다. 그의 욕구는 내과 교과서 어디에도 찾아볼 수 없는 것이었다. 여느 술꾼처럼 술을 원했을 뿐이었고, 다만 '이제 제가 술을 먹으면 미친놈'이라고 공언해 의료진을 안심시킨 다음, 몰래 술을 반입할 정도로 강렬히 갈망했던 것뿐이었다.

　나는 그에게 분노가 드는 한편, 물질에 평생을 매여 살 수 밖에 없는 인생에 딱한 마음도 느꼈다. 당장 어제 자기를 죽이려고 했던 그 존재를, 잊지 못해 다시 찾는 그 욕망이 미련하면서도 불쌍하게 느껴졌다.

오직 퇴원뿐

우리 모두에게는 각자의 삶, 나름의 사정이 있다
지금 이 순간도 그저 꿋꿋이 살아가고 있다

———

나는 응급실 5번 베드 할아버지와 기 싸움 중이다. 자꾸 집에 가겠다고 호통을 치시는데, 여기서 밀리면 내가 산전수전 다 겪은 내과 의사가 아니다. 이 할아버지는 절대 집에 보내면 안 된다. 진짜 죽을 수도 있다. 물론 겉으로 멀쩡해 보이기는 한다. 하지만 나온 것도 없는데 내시경도 안 하고 그냥 보내나. 이렇게 집에 간다고 우기실 거면 애초에 응급실을 오시질 말았어야지. 내가 한 번 본 이상 집에 가는 건 결코 안 된다.

흑변 자체는 위장관 출혈 증상이 아닐 수도 있다. 빈혈이 있기는 했다. 빈혈 때문에 철분 제제를 먹으면 검은 변을 볼 수도 있다. 하지만 본인이 무슨 약을 드시는지도 모르지 않나. 노인들은 관절염 같은 만성 통증이 많아서 보통 진통제를 달고 산다. 진통제의 잘 알려진 부작용이 위궤양 출혈이다. 원래 빈혈도 있는데 만일 출혈까지 있다면? 몸에 피가 모자라 심장이 멈추는 상황이 생길 수도 있다. 피가 모자라면 수혈하면 된다고? 보통 노인들은 심장 기능 자체가 안좋다. 지친 말에게 혈액이라는 짐을 더 실었다가 말이 죽어버리면 어쩌려고 하나. 이러나저러나 입원시켜 자세히 봐야 한다. 절대 못 보내 드린다.

이 할아버지, 비슷한 연배의 어르신들에 비해 위생도 깔끔하시고 말씀도 이리 총명하신데, 왜 이리 똥고집이실까. 아까는 내 말 다 알아들었다고 고개까지 끄덕이시더니 말이다. "이러이러해서 내시경이 필요합니다." 하고 말씀드리니 "잘 알겠다."라고 하지 않으셨던가. 그런데 왜 결론이 "집에 가겠다."로 나오는 걸까.

내시경을 시행하는 교수님과 전화로 상의했다. 야밤에 병원 출두까지 해서 내시경을 해 드린다는데 그게 싫으시다면, 중증도 평가를 해 보잔다. 증상이 심하지는 않지만 나이를 고려하면 불안한 것은 사실이다. "입원 정도는 하는 게 좋겠다." 하지만 환자가 그것도 싫다고 했다. 입원을 할 수 없는 나름의 사정 때문이란다. 그렇게 교수님은 또 고민에 빠졌다. "하는 수 없지. 그럼 내일 아침 일찍 내시경을 해 드리지. 밤새 별일이 없길 바라는 수밖에. 금식하고 내일 아침에 오시도록 하지. 대신 밤사이 이상한 낌새가 있으면 빨리 병원으로 오시도록." 좋았어. 설마 이 정도는 받아들이겠지. 내일 아침에 내시경 해서 병변이 있으면 싫어도 입원할 수밖에 없을 터다.

"못 와."

"네? 왜요?"

아니, 의사 입장도 좀 생각해 주셔야지. "내 몸 잘못되는 건 내가 책임진다!"고 하셔도 어찌 의사가 불안한 걸 알면서 집에 보내 드리겠습니까. 지금 선뜻 자리를 못 뜨는 이유는 본인도 불안해서서겠죠? 그렇다면 더욱더 못 보내 드리죠. 나는 할아버지에게 보호자를 응급실로 불러 달라고 했다. 보호자를 설득해 환자를 입원시킬 심산이었다.

"아들 하나 있어. 걔도 지금 바빠서 여기 못 와."

"그럼 전화번호라도 주세요."

아들이 전화를 받았다. 나는 사정을 설명했다. 보내 드리기 어려운데, 자꾸 집에 가신다 하니 좀 와서 설득해 보시라고. 아들은 수화기 너머로 너털웃음을 터뜨리더니 알겠다고 대답하고 끊었다.

아들은 오랜 시간 걸리지 않아 나타났다. 그는 웃으며 "우리 아버지가 고집이 세셔서……."라고 말했다. 나는 아까 전화상으로 했던 말을 반복했다. 보호자는 한번 설득해 보겠다고 아버지에게로 갔다. 하지만 환자는 아들을 보자마자 다짜고짜 화를 냈다.

"네가 여길 오면 우리 집에는 누가 있어?"

"며느리가 가 있어요. 염려 마세요."

"너도 힘든데 걔가 어떻게 혼자 감당해? 됐고 빨리 집에 가자!"

아들은 아버지에 크게 저항하지 않고 내게로 다시 다가와 웃으며 말했다.

"보시다시피 집에 가시겠다네요."

"아니, 환자를 설득하셔야지, 저를 설득하시면 어떡합니까?"

"아버지가 고집이 원래 보통이 아니세요. 저도 어떻게 못

합니다."

"내일 아침 내시경 하러 오시는 것도 안 되겠습니까?"

"안 된답니다."

나는 한숨을 내쉬었다. 이렇게까지 완강하면 어쩔 도리
가 없었다. 나는 품 안의 종이 한 장을 꺼냈다. DAMA. 의사
의 조언에 반한 자의 퇴원 각서. 만에 하나 환자가 잘못되더
라도 의료진에게 책임을 묻지 않겠다는 확인 문서다. 이것
까지는 정말 쓰고 싶지 않았는데 도리가 없었다. 아들은 흔
쾌히 "써 드리죠."라고 말하고 자필 서명을 했다.

"이렇게까지 하셔야겠나요? 하루 입원은 정말 별것 아닌
데요."

"잘 이해가 안 되시지요? 실은 제 삼촌이, 그러니까 아버
지 동생이 정신지체 장애가 있어요. 어릴 때부터 지금까지
계속 돌봐 오셨습니다. 어머니 가시고 저희도 분가해 있는
데, 지금 동생 혼자 두는 게 싫어서 저러시는 겁니다. 한시
도 안 떨어지고 형만 찾거든요. 저도 예전에 그렇게 생각했
어요, 이렇게까지 하셔야 하나. 시설 도움 같은 거 받고 좀
편하게 사시면 안 되나. 그런데 싫다시네요. 어쩌겠어요. 죽

어도 동생하고 같이 죽으시겠다는데요."

저편에 할아버지가 침대에 앉아 입꼬리까지 내린 완고한 표정을 짓고 있었다. 우리 모두에게는 각자의 삶, 나름의 사정이 있다. 그는 몇 십 년의 긴 세월이라도 누군가의 보호자로 살기로 자처했고, 그저 꿋꿋이 살아가는 중이었다. 죽느냐 마냐 하는 문제보다도 오늘을 어떻게 살지가 그에게는 더 중요한 것이었다.

나는 아들의 말을 듣고, 또 한 번 환자의 인생에 끼어드는 실수를 할 뻔했다. "할아버지, 그래도 동생이랑 오래오래 사시려면 내시경 한 번쯤 받아 보셔야죠."라는 말이 목구멍까지 올라왔던 것이다. 하지만 나는 잘 참았다. 덕분에 "동생 얘기는 또 어디서 들었어? 내가 어떻게 되든 상관 마!" 하는 할아버지의 모진 타박을 피할 수 있었다.

로맨틱 파리의 응급실 그리고 시트러스

환자로서의 나는
의사로서의 나와 전혀 다른 인격이었다

———

의사 아닌 환자가 된 기분은 낯설고 또 힘겨웠다. 세 시간
이나 기다려 내 담당의를 만났건만 그다지 호감 가는 인상
은 아니었다. 그는 목이 다 늘어난 티셔츠에 다리지 않은 흰
가운을 대충 걸치고 있었다. 단정하지 않은 용모도 조금 그
렇지만, 무엇보다 이 사람은 귤 냄새를 엄청나게 풍겨 댔다.
나를 만나러 오기 방금 전까지도 먹은 게 분명했다.

　내게 귤 냄새는 거의 악취에 가깝다. 귤이 왜 싫은지 어떤
정신적 트라우마도 기억에 없어 그 이유가 아직도 미스터
리인데, 귤 아니더라도 형제 정도 되는 오렌지, 레몬, 자몽,
금귤 그리고 제아무리 고가라는 한라봉까지 냄새조차 소스

라치게 싫다. 이 귤놈들의 신맛은 인상을 찌푸려 뜨리고, 실수로라도 입에 넣게 되면 바로 뱉어야 한다. 가끔 어린 아들을 위해 귤 냄새를 참아 가며 껍질을 까 주기도 하는데, 내게는 피붙이를 사랑하는 마음 때문에 간신히 해낼 수 있는 일에 가깝다. 어쨌든 병실에서 마주한 내 담당의라는 자의 첫인상은 이런 이유에서, 시각적 근거뿐 아니라 후각적으로도 소위 비호감 그 자체였다.

모든 응급 환자가 그렇겠지만 나도 응급실 입원은 미처 생각지 못했다. 일주일 전만 해도 레지던트 하면서 모처럼의 휴가, 그것도 아내와 로맨틱한 한 주를 프랑스 파리에서 보낼 수 있다는 생각에 들떠 있었다. 대학에 있는 아내는 파리에서 열리는 학회를 등록해 나와 휴가 기간을 맞췄다. 에펠탑, 몽마르트르 언덕, 퐁네프와 센 강…… 연인들의 필수 코스라는 파리의 구석구석을 밟으며 신혼 때로 돌아간 기분에 행복하기만 했다.

여행 중 스트레스를 굳이 고르자면, 안전을 책임질 보호자의 역할을 맡았다는 것이다. 내 나라가 아닌 곳에서 예측 못할 위험은 어디에나 도사리고 있다. 나는 조심성이 많은 사람이다. 집착적으로 안전에 신경 썼고 노을을 보며 예쁘다고 좋아하는 아내에게 빠른 귀가를 종용했다.

그런 내가 머리를 다쳤다. 위험이라고는 전혀 없어 보이는 호텔 방 안에서 말이다. 아내는 여행 마지막 날 집에 돌아갈 짐을 싸다가 금고에 넣어 둔 귀중품을 잊고 갈까 불안해 금고 문을 열어 두었다. 공중에 떠 있는 이 묵직한 쇳덩이를 나는 미처 보지 못했다. 샤워하고 안경을 벗어 잘 안 보이는 상태에서 머리 위의 흉기에 두정부를 세게 부딪혔다. 소리가 어찌나 컸던지 짐 싸던 아내가 놀라 달려왔다.

정신을 0.01초 정도 잃었을 수도 있다. 너무 아파서 그렇게 느꼈을지도 모른다. 감았던 눈을 떠 보니 아내가 걱정스런 눈으로 날 보고 있었다. 떨리는 손으로 상처를 만져 보았다. 움푹 패여 있었고 붉은 피가 배어 나왔다. 휴지로 한동안 압박해 보았지만 멈추지 않았다. 지속되는 출혈을 보니 덜컥 겁이 났다. 가장 무서웠던 것은 세게 눌렀을 때 안으로 푹푹 들어가는 양태였다. 뼈가 손상된 건 아닐까? 혹시 두개골 안쪽으로 출혈이 있지는 않을까?

내 두려움은 사실 근거 있는 것이었다. 내과 레지던트를 하기 전, 인턴 때 응급실 근무를 꽤 오래 맡아서 했다. 장장

사 개월이나 되는 긴 기간이었다. 근무 시간이 길고 업무 강도도 높은 응급실 인턴 기간이 유독 길었던 이유는 동기애 때문이었다.

인턴들은 일 년간 수련을 마치고 내과, 외과, 피부과 등 각 의학 분과로 신규 입사한다. 그래서 수련이 끝날 즈음해서는 대부분의 인턴들 거취가 분과에서 내정되는데 이를 소위 픽스턴이라 한다. 이들은 원내에 계속 있을 수도, 외부 병원으로 가기도 한다. 원내 픽스턴은 어차피 시작할 분과 수련을 인턴 말부터 약간 빨리 시작하기도 한다. 물론 그러려면 해당 분과 근무 예정인 인턴과 자기 스케줄을 바꿔야 한다. 나는 외부 병원 픽스턴이었고, 어차피 근무는 해야 하니 남은 스케줄을 원내 픽스턴 동기들과 바꿔 주었다. 그런데 하필 그 스케줄 모두가 응급실이었던 것이다. 하지만 불만은 없었다. 응급실 인턴이 힘들기는 했지만 시간이 지날수록 숙련도가 올라 편하게 느껴지기도 했다.

그때 뇌출혈이 생각보다 흔하다는 사실을 알게 되었다. 자연적으로 터지는 사람도 많고 외상성이 그렇게까지 많은지도 몰랐다. 술 먹고 자빠지고, 교통사고, 패싸움, 이유도 가지각색이었다. 한 번은 만취자가 바닥에 머리를 부딪혀 응급실에 왔는데 검사를 완강히 거부하고 집에 갔다. 그리고 다음 날 사망했다고 들었다. 그때 내가 초진을 봤는데 바깥에서 보기에 살짝 긁힌 것 말고는 별다른 외상이 없어 보였다. 그런데 죽음에 이르렀다니 놀랍고도 무서운 일이었다.

두부 외상. 남의 일이 아니라 내 일이었다. 상처가 작다 해도 응급실에서 본 게 있으니 덜컥 겁이 났다. 상처를 직접 보고 '괜찮으실 거예요'라고 안심시켜 줄 의사도 없었다. 다친 부위가 몇 센티인지 깊이는 얼마나 되는지 설명해 줄 의료인이 필요했다. 구역감이나 두통이 없어 괜찮을 것 같았지만 내 일이 되고 나니 자신이 없었다. 피가 안 멈추니 겁났고, 상처를 직접 볼 수 없어 겁났고, 아내가 울먹이는데 나도 잘 모르겠으니 달래 줄 수 없어 겁났고, 무엇보다 이곳은 아름다운 파리였다. 아름다움의 이국적 성격이 아이러니하게도 나를 날카롭게 이방인으로 분리할 것이기에 두려웠다. 한국에서 같은 상황이었으면 내가 근무하는 병원의 전문가에게 달려가 귀빈 대접을 받으며 고급 조언을 구했을 터였다. 하지만 이곳에서는 말도 잘 안 통하는 외국인 환자일 뿐이었다.

부부는 일심동체라 했던가. 나와 같은 생각을 했는지 아내는 내 병원 응급실에 국제전화를 걸어 보라 했다. 옳은 판단이었다. 전화비가 백만 원이 나오든 그게 대수겠는가. 당황한 내가 스스로 내리는 허술한 의학적 판단보다는 나아 보였다.

"네, 응급실입니다."

"저 내과 레지던트 아무개인데요."

"아 네. 선생님. 내과 환자 없는데 무슨 일이세요?"

"실은 저 오프(근무 외 시간)고 지금 국제전화인데요. 프랑스인데 머리를 다쳐서요. 오늘 응급실 과장님 좀 연결해 주실 수 있으세요?"

한국은 새벽 시간이었다. 전화를 받은 간호사는 난감해하며 과장님이 방금 전 쉬러 방으로 들어가셨다고 했다. 그리고는 응급의학과 레지던트를 연결해 주겠단다. 그 레지던트가 누구냐 물었더니 1년 차인 학교 후배였다. 1년 차 후배가 못 미더운 건 아니었지만 끝내 과장님 연결을 해 주지 않는 간호사가 야속했다. 응급실 총책임자인 상급자를 깨우기 부담되는 그녀의 입장도 이해는 갔다. 하지만 어차피 상처도 못 보여 주는데, 경험 많은 과장님의 한마디가 더 든고 싶었다. 지금 혼자 있어 정신 변화라도 생기면 어쩌냐고 약간의 거짓도 섞어 호소했지만 끝내 먹히지 않았다.

'내가 남인가? 저 연차 때 낮이고 밤이고 내과 환자만 있으면 응급실 가서 몸 바쳐 일했는데, 먼 타국에서 타는 내 속도 모르고……'

그래도 다른 방법이 있겠는가. 후배와 통화하는 수밖에 없었다. 후배는 병력을 듣더니 괜찮을 것 같다고 했다. 수화기 너머로 들리는 말이 내 판단과 일치했다. 내가 환자를 봤다면 나라도 그처럼 말했을 것이다. 하지만 '괜찮을 것 같다'와 '괜찮다'의 간극은 생각보다 컸다. 환자가 되어 보기 전까지는 알 수 없을 만한 것이었다. 아내는 이 정도로는 불안감을 풀지 못했다. 우리는 사이좋은 부부여서 내게 0.1퍼센트라도 불확신이 남아 있다면 그녀는 반드시 알아챈다.

통화를 마칠 즈음 후배는 안심보다 더 듣기 좋은 정보를 건넸다. 과장님이 지금 깨어 계신다는 것이었다. 나는 고맙다는 인사를 하고 과장님께 직접 통화를 시도했다.

"별일 없을 거야. 불안해하지 말고, 슈처(봉합) 정도 해 볼 수 있지 않을까?"

근처 응급실에 가 보라는 말이었다. 너무 당연한 권고였다. 생각해 보니 어이없는 행동을 하고 있었다. 환자로서의 나는 의사인 나와 전혀 다른 인격이었다. 내 임상 경험도 못 믿고, 환부도 보여 주지 못하는 지인 의사에게 새벽에 전화해 응급실에 갈지 말지를 물어보는, 그런 진상 환자가 되어 버렸다. 하지만 나름의 사정으로 흥분해 있으니 남들이 그 점을 어떻게든 이해해 주길 바라는 그런, 의사의 인격이었다면 혐오했을지도 모르는 사람 말이다.

다행히 부근에서 가장 큰 병원이 걸어서 십 분 정도 거리였다. 나와 아내는 추운 밤길을 걸었다. 낮 동안 로맨틱하게 거닐었던 길을 피 흘리며 걸어가자니 처량해 미칠 지경이었다. 거리에는 불량한 치들이 드문드문 걸었다. 이들과 마주치지 않으려고 노을이 코빼기만 비춰도 잽싸게 숙소로 들어갔었는데, 숙소가 안전하지 않아 다시 거리로 나와야 하는 신세에 헛웃음이 나왔다.

파리 응급실 입구는 우리네 그것과 별반 다르지 않았다. 앰뷸런스가 거센 라이트를 빙글빙글 돌려 대고, 구급 대원들이 응급실 이송을 끝마치고 안도하며 쉬고 있었다.

응급실 내부는 많이 달랐다. 대기 환자가 적지는 않았다.

반면 그 많은 환자들이 만들어 내는 소리는 그야말로 제로였다. 적막 그 자체, 시끌시끌한 한국 응급실과 대조적이었다. 가장 충격적인 모습은 상체 전반에 붕대를 칭칭 감은 한 중환자가 처치실로 이송되는데 신음소리 내는 걸 참으며 낑낑거리는 것이었다.

'이곳에서는 아파도 소리 내면 안 되는가.'

말하자면 성지에 가까웠다. 내가 아는 병원의 모습과 많이 달랐다. 현지인들조차 그 권위에 순순히 응하는 모습에 의기소침해졌다. 이방인으로서 당연한 감정이었다.

그때부터 겪는 모든 낯선 사건들이 나를 주눅 들게 했다. 아무리 사소하더라도 그랬다. 이들은 나를 '닥터 양'이 아닌 '미스터 양'으로 부르니 말이다. 같은 파리라도, 응급실에서는 미술관처럼 행동해서는 안 될 것 같았다. 미술관에서 르누아르의 몰랐던 그림을 발견해 놀라움에 소리 지르고 싶으면 마음대로 하라. 하지만 여기서라면 큐레이터가, 아니 의료진이 쫓아낼 수도 있다.

그렇게 낯선 것들을 얌전히 지켜보며 세 시간을 보냈다. 유니폼 위로 스카프를 두른 간호사부터, 바이탈(생체 신호) 측정을 하며 혈압이나 맥박을 하나도 안 재고 산소 포화도만 보는 간호사, 그러면서 왜인지 정맥 채혈은 하겠다는 간호사, 어느 할리우드 액션 영화의 민머리 주인공을 닮은 위압적인 남자 간호사를 거쳤다. 그래도 잘 참았다. 세 시간의 인내는 나를 복도 끝 진료실로 인도했다. 진료실 안 베드 위에는 나를 위한 환복이 놓여 있었다. 나는 옷을 갈아입었다.

환복까지 입혀 놓으니 진짜 환자 같았다. 때마침 피가 볼을 타고 주르륵 흐르니 더욱 그랬다. 그 모습을 본 아내는 눈물을 글썽였다. 우리는 손을 잡고 서로 자기의 부주의였다며 미안함을 고백했다.

또 한동안 시간이 흘렀다. 고요한 방에 둘이 앉아 마냥 기다리자니 간신히 쉴 곳을 찾은 피식자가 된 기분이었다. 우리는 무슨 소리만 들리면 귀를 쫑긋 세웠다가 아무것도 아님을 알고 긴장을 푸는 과정을 반복했다.

그러던 중 귤 냄새를 풍기는 그 의사가 방 안으로 들어온 것이다. 앞에서도 말했지만 세 시간 기다림의 결과치고는 약간 실망스러웠던 게 사실이다. 한편 마침내 의사를 만났으니 당연히 기쁘기도 했다. 그에게 이렇게 말하고 싶었다.

'여보시오. 나도 의사요. 비록 레지던트지만 나름 산전수전 겪은 내과 3년 차란 말이오. 환부 좀 봐 주고 의사 대 의

사로 속 시원히 설명 좀 해 주시오.'

나는 미리 준비해 놓은 프랑스어 문서를 꺼냈다. 내 간단한 소개와 병력, 궁금한 점을 영작하고 구글 번역기로 번역한 글이었다. 당연하지만 퇴고까지 거친 작정하고 쓴 글이었는데, 내 신분과 더불어 의학적으로 잘 정리된, 그리고 예의 바른 글을 읽은 그가 약간이라도 감동하길 바라는 목적이 있었다. 다른 말로 하면 낯선 곳에서 의사로서 공감대를 형성하고 좀 더 잘 대해 주기를 바랐다. 한국에서와 달리 병원이란 곳에서 의지할 '아는 사람'이 없어 심적으로 불안했다. 나는 이 의사를 내 '아는 사람'의 범주에 넣고 싶었다.

의사는 얼핏 훑더니 별다른 말도 없이 신체 진찰을 시작했다. 내가 가져온 문서에서 알고 싶은 모든 내용을 다 파악했는지 질문도 없었다. 마침내 상처를 씻고, 보고 말했다.

"꿰매야 합니다."

나는 고개를 끄덕였다. 꿰매면 아플 것 같았다. 그래서 오래전 내가 직접 두피를 꿰맨 어떤 환자를 떠올렸다. 그때 그는 별로 안 아프다고 했다. 나도 그랬으면 했다.

파리에 온다고 미용실에서 신경 써 조각한 머리카락이 가장 먼저 뎅강 잘려 나갔다. 국소 마취제를 뿌리니 혈액이 떨어져 환복에 혈흔을 만들었다. 진짜로 모든 준비가 끝났다. 곧 바느질이 시작된다. 첫 땀을 뜰 때 나는 눈을 질끈 감았다.

"아파요?"

"아뇨."

아까 그의 첫인상이 나쁘다 했던가? 그 말 수정한다. 그냥 낯선 인상이라고만 해 두자. 그는 나쁘지 않은 의사였다. 아니, 실은 꽤 괜찮아 보이기도 했다. 앳된 얼굴에 숙련된 기술을 기대하기는 어려웠지만 어쨌든 최선을 다한다는 느낌을 받았다. 느린 손과 신중한 눈빛이 그 증거였다. 그는 그간 연마한 손놀림으로 내 두피 안으로 실을 밀어 넣고 당겨 빼 휘감고 잘랐다. 통증 여부를 면밀히 관찰했고, 몇 땀 뜨면서 열 맞추기에 고심했다. 모든 과정은 편안하게 진행되었다. 잠시나마 긴장한 내가 민망할 정도였다.

봉합이 끝나고 그는 내가 듣고 싶은 모든 말을 해 줬다. "괜찮을 거다. 비행기 타셔도 된다." 사적인 대화도 나눴다. "한국이라는 나라에 대해 안다. 액티브한 에너지가 매력적인 나라다. 한번은 꼭 가 보고 싶다."

응급실을 나오며 내가 갖고 있던 모든 우려가 다 쓸데없는 것임을 깨달았다. 의사의 외적인 모습과 향이 그의 나쁜 인상을 결정했다. 하지만 내가 신뢰하지 않은 그 의사는 알고 보니 믿을 만한 의사였고, 외국인이라고 대충 하지 않고 최선을 다했다. 간호사들도 각자의 자리에서 위중을 판단하고 자기 할 일을 했을 것이다. 낫고 안심하고 나니 불신의 마음이 부끄러워졌다.

이 마음은 어디에서 왔을까. 낯선 곳에서의 방어 기제가 아니었을까. 아무리 내게 변명거리를 주려 해도 부끄러워진다. 환자가 되면 약해지고, 낯선 곳에 오면 당황스럽고, 말도 안 통하면 두려워진다. 약자가 되어 보니 오히려 치료자를 믿기 어려웠다. 치료자가 보듬으니 감동했다. 이 정도가 짧았던 파리 응급실 여행에서 얻어 가는 교훈이었다.

내 진료의 현장에도 나 같은 환자가 있지 않을까. 어쩌면 많을 수도 있다. 병원의 수많은 노인 환자들. 귀가 어두워 말귀도 못 알아들어 늙은 자신을 자책할 수 있다. 증상을 호소하는데 다들 잘 못 알아들으니 스스로를 이방인처럼 느낄 수도 있다. 젊다 못해 어린 치료자의 억압적 태도에 좌절할지도 모른다. 의료는 발전해서 복잡하고, 극도로 세분화

되어 겉도는 여행자가 된 기분일 수도 있다.

응급실을 나와 귀가하는 밤길은 오렌지빛 안도감으로 가득했다. 내일이 귀국이지만 벌써 한국에 돌아온 기분이었다. 귤을 좋아하는 그분이 만들어 준 길이었다. 좋은 치료자를 만나 아내와 나는 좋은 귀갓길을 걸었다.

메르시, 닥터 암마르! 좋은 여행이었어요.

화가 형님

통증이 심한 시술을 마치고 여유로운 모습을 보이는
그의 행동은 이례적이었다

———

오늘도 환자 한 명이 내 속을 긁고 있다. 심부의 뼈가 부러진 적이 있는 할아버지였고, 그때 이후 맞던 마약성 진통제가 과했는지 중독자가 되었다. 그를 입원시킨 장염은 당연히 예전 골절과 전혀 상관없는 상병이었다. 그런데 그는 골절로 인한 통증이 있을 리 없음에도 자꾸 마약을 요구했다. 나는 당연히 줄 수 없다고 버텼고 환자는 급기야 고성을 지르며 병동 안을 뒤집어 놓았다. 잘못된 길을 옳다고 우기는 그를 두고 볼 수 없었다. 나도 웬만해서는 소리 지르고 싶지 않았다.

"할아버지, 그렇게 약쟁이가 되는 거예요! 정신 차려요!"

병동 안에서 서로 소리 지르고 다투고 있으니 간호사가 와서 말렸다. 어쨌든 불필요한 마약을 줄 수는 없다는 내 의중을 전달했으니 물러나더라도 불만은 없었다. 하지만 이 노인은 약을 달라고 계속 어린애처럼 씩씩댔다. 나는 병실 문을 나서며 '중독 내용으로 정신과 협진을 써야겠군' 하고 생각했다.

그게 오전에 있던 일이다. 환자들이 점심 식사를 하고 쉴 무렵 나는 혼자 오후 회진을 돌았다. 아까 나와 다투었던 할아버지는 자고 있었다. 나는 같은 병실의 다른 담당 환자를 보러 커튼을 젖혔다. 긴 머리에 수염을 기른 얼굴선이 굵은 미남형의 오십 대 후반 남자가 누워 있었다. 그는 나를 올려다보고는 씩 웃으며 말했다.

"너 인마. 좋은 사람 같은데 가끔 보면 미친 것같이 못됐어."

한 번은 시끌벅적한 백화점 식당에 간 적이 있다. 내 앞에 팔십 대 정도 되어 보이는 노부부가 서 있었는데, 맞춤 음식을 만들어 먹는 식당의 규칙을 이해하는 데 어려움을 겪는 듯 보였다. 할아버지는 십 대로 보이는 아르바이트 점원에게 "이건 어떻게 하는 거야?" "이거 맛있어?" 하고 기초적인 질문을 했다. 점원은 짜증 난 표정으로 대꾸하고, 오랜 응답 시간을 거친 후 결제를 위해 현금을 받았다. 그리고 퉁명스럽게 한 번만 말할 테니 똑바로 알아들으라는 표정으로 이렇게 말했다.

"반말하지 마세요."

뒤에 줄 서서 듣고 있던 나는 웃음이 났다. 어린 점원은 자존감이 침해되었다고 생각해 나름 용기를 내 손님에게 일침을 꽂았을 것이다. 하지만 할아버지는 귀가 어두워 그 말조차도 잘 못 알아들었다. 그도 그럴 것이 그는 너무 나이가 많아 보였다. 손자가 있다면 이 점원보다 나이가 많을 것 같았다. 나는 우리 사회에 만연한 권위주의는 없어져야 한다고 생각한다. 하지만 이 경우 할아버지가 딱히 악의를 가지고 있던 것도 아닌데 꼭 이럴 것까지 있었나 하는 생각이 들었다.

기본적으로 이런 생각이 있기에 나는 어르신이 내게 반말을 하는 것에 대해 큰 거부감은 없었다. 나도 유교 사회에서 나고 자란 사람이니 말이다. 하지만 의사로 일을 하면서 생각이 조금 바뀌었다. 의사 · 환자 관계가 손윗사람 · 손아

랫사람으로 바뀌면 치료에 영향을 준다는 사실을 깨달았기 때문이다. 치료 윤리에 있어 환자의 자율성도 중요하지만, 때로는 가장 좋은 곳으로 이끌어 주는 온정주의도 필요하다. 환자를 손윗사람으로 만들면 내 마음은 편할지 모른다. 하지만 그만큼 치료는 어려워지는 게 현실이다.

그래서 나는 '치료자·환자' 관계가 무너지는 것을 끊임없이 경계했다. 사람은 부모 같은 사람의 말은 듣지만, 자식 같은 사람의 말은 흘려보내기 때문이다. 젊은 의사이기에 더 노력해야 했다. 실력과 더불어 정진해야 할 또 다른 문제였다.

병실 침대에 거만한 표정으로 누운 이 남자. 그는 내가 수련 기간 동안 유일하게 사적인 관계를 허용한 환자였다. 그는 자기만의 화풍으로 유명한 화가였다. 왕성한 작품 활동을 하던 어느 날, 그에게 갑작스런 하반신 마비가 찾아왔다. 그 길로 신경외과에 입원해 촬영한 MRI에서 척추뼈 골절과 신경을 누르는 종양이 발견되었다.

내과에 의뢰된 것은 피 검사 결과 때문이었다. 협진에는 "CRAB 소견으로 내과 의뢰 드립니다."라고 쓰여 있었다.

CRAB은 고칼슘 혈증(hyperCalcemia), 신장 기능 이상(Renal impairment), 빈혈(Anemia), 골 질환(Bone disease)의 머리글자를 딴 증상들이 특징적인 암, 즉 다발 골수종 의증을 말한다.

다발 골수종 치료를 위해서는 항암 치료가 필요하다. 강한 항암 치료를 시작하려면 확진 없이는 안 된다. 확진은 골수 생검을 통해 이루어진다. 이 역시 내과 의사인 내가 할 일이었다.

그는 당시 신경외과에서 수술을 마치고 외과계 중환자실에 누워 있었다. 나는 간호 스테이션에 생검 준비를 해 달라고 요청했다. 하지만 이곳은 외과계 중환자실이었다. 내과 병동이나 중환자실과 달리 외과계에서 골수 생검은 흔히 하는 술기가 아니었다. 하나둘 술기를 구경하려는 사람들이 모이더니, 준비를 마칠 때쯤엔 구름같이 많은 인원들이 둘러쌌다. 한편 환자는 허리를 까고 엎드려 있었다. 보통은 이런 상황에서 긴장하기 마련이다. 하지만 그는 팔베개 위로 고개를 돌려 나를 보며 웃으며 말했다.

"젊어 보이는데 선생님 되게 잘하는 사람인가 봐? 이렇게들 몰려오고?"

골수 생검은 술기 자체가 크게 복잡하지는 않다. 하지만 바늘이 굵어 통증이 심하다. 실패하는 경우도 종종 있어 재시도할 때도 많다. 환자가 시술을 받다가 신음 섞인 괴성을 지르는 광경은 흔하다. 그러면 시술자는 미안한 마음에 혼란스러워지고, 아이러니하게도 시술이 더 어려워진다. 의사들끼리 흔히 "골수 생검은 힘과 멘탈로 하는 술기다."라고 말하는 이유다.

이 환자는 달랐다. 이날 시술이 잘되기도 했지만, 그렇다 하더라도 그의 행동은 이례적이었다. "뭐야, 엄청 아프다더니 하나도 안 아프네." 몇 번 찌르고 뽑는 동안에도 이런 말을 해 가며 긴장을 풀어 주고 있었다. 끝난 다음에는 "벌써 끝났어?" 하고 말할 여유까지 있었다. 아프지 않을 리는 없었다. 의식적으로 한 행동이 분명했다. 환자가 거꾸로 의사를 편하게 해 주는 드문 경우로, 긍정적인 태도가 멋진 사람이었다. 나는 그에게 인간적인 매력을 느꼈다.

후에 그는 우리 과로 전입해 왔다. 나는 병동 주치의로 항암 처방을 내리는 역할을 맡았다. 아침 회진을 돌 때 그와 대화를 나누면 긴 시간이 훌쩍 지나고는 했다. 진료뿐 아니라 개인적인 이야기도 나눴다. 어느 날 그는 "이 친구, 알고 보니 의사보다 우리 과에 더 가깝네."라고 말했고, 나는 저명한 화가에게 예술가로 인정받은 기분이 좋았다. 무엇보다 나는 그가 좋았다. 운 없게 불행한 병을 가지게 되었지만 여전히 멋진 사람이었다. 긍정적이고 자유로운 예술가. 병때문에 갑작스럽게 두 다리를 잃었음에도 여유 넘치는 멋쟁이. 우리의 관계는 자연스레 형 동생에 가까워졌다. 그는 가끔 연락하겠다며 내 휴대전화 번호도 가져갔다.

그런데 나와 다른 입원 환자의 다툼을 듣게 된 그가 "너참 못됐다."라는 말을 했을 때, 나는 내가 실수한 것이 아닌가 하는 생각이 들었다. 일단 의사·환자 관계가 무너졌다는 생각을 했다. 그가 추후 다시 입원했을 때 "넌 동생이니 내가 원하는 대로만 해 줘."라고 하거나, 다른 의사에게 "여기 의사가 내 동생인데 나는 걔랑만 얘기해. 당신은 빠져."라고 할 만한 여지를 만들었을 수도 있었다. 하지만 당시는 어쨌거나 내가 주치의였고 치료에 크게 문제 될 것은 없었다. 나는 관계를 이대로 두기로 했지만 마음 한구석에 찝찝함이 남아 있었다.

그는 퇴원했다. 한 번은 일하고 있는데 그가 전화를 걸었다. "어, 형이 지금 주사실인데 여기 있을 테니 내려와." 외래에서 항암 주사를 맞기 위해 온 것이었다. 나는 망설이다 결국에는 가지 않았다. 한창 바쁘기도 했고 그와 어느 정도 선을 그을 시점이라고 생각했다. 가족들도 내가 일하는 병원에 오면 바쁜 걸 알고 웬만해선 나를 부르지 않는다. 그를 좋아하지만, 나를 잘 모르는 그에게 더 여지를 주면 앞으로 내가 감당할 수 없는 일이 생길 수도 있었다.

그제야 나는 왜 선배들이 "환자와는 결코 사적인 관계를 맺지 말라."고 오랫동안 말하는지 알게 되었다. 의사·환자 관계에서 친구 관계로 발전하게 되면, 보통 친구 관계와는 좀 다른 관계가 된다. 환자는 의사 친구에게 '본인이 생각하는 응급 상황(마음이 불안한 때)'에 아무 때나 연락할 수도 있고, 의사는 그때가 정작 응급이 아님을 깨닫고 선을 넘었다고 생각할 수도 있다.

실제로 친구들은 의학적 조언을 구한다며 새벽녘에 전화를 많이 한다. 나 역시도 일상을 사는 사람이다. 이런 연락이 지속되면 피곤하지 않을 수 없다. 이들에게 필요한 것은 내가 아니다. 직접 보지도 못하는 나보다는 바로 옆에 있는 의사를 봐야 하고, 이 때문에 응급의료 체계가 24시간 돌아가는 것이다. 그럼에도 친구들은 내게 더 의존한다. 믿을 만한 의사 친구의 배려를 받는 환자가 되면 마음이 더 편하기 때문이다.

원래 친구였던 사람도 이런데 기존에 내 환자였다면 말할 것도 없다. 특히나 그 사람이 암 환자라면……. 나는 그와 서서히 멀어졌다.

그렇게 시간이 흘렀다. 어느 선선하고 시원한 바람이 부는 기분 좋은 날, 나는 게으름을 피우다가 우연히 그의 소셜 미디어를 발견해 그가 쓴 글을 읽게 되었다.

시국이 어수선하던 시절. 젊은 나는 피 끓던 청춘이었습니다. 그림에 사용해야 할 오일을 소주병에 담아 불을 붙여 던지고, 쫓기고, 잡히고, 매 맞고, 조서 쓰고, 또 던지고, 쫓기고. 그림은 뒷전이었습니다. 당시에는 누구나 그랬을 테지만요.

작은 침대 위에서 일 년 넘게 많은 꿈을 꾸었습니다. 그런데 요즘 들어 그때 그 시절 악몽을 자주 꿉니다. 쫓기고 쫓기다 깨어나면 병원 작은 침대를 확인하고는 가슴을 쓸어내리기도 합니다. 풍경 좋은 곳에서 그림을 그리고 있는 꿈을 꾸기도 합니다. 그러다 깨어나 병원 작은 침대 위임을 알고 나면 얼마나 허무하던지요.

사방 1m×2m 작은 침대가 제 생활공간입니다. 이곳에 누워 지내면서, 늘 변함없는 일상이 지루할 때는 천장 보드에 난 흠집을 세어 보다가, 두 다리를 잃은 내 자신을 원망하고 자책해 봅니다. 이젠 포기하고 현실을 인정해야 하는데 그게 그렇게 말처럼 쉽지 않군요. 마약 진통제의 효과가 떨어지면 말로 글로 표현하기 어려운 상상을 초월한 통증이 불가항력 속수무책으로 찾아옵니다. 죽음은 잠깐인데 살기 위해 현재 고통을 참아 낸다는 건 정말 힘듭니다.

얼마 전 일 년 동안 받아 오던 항암 치료를 마지막으로 끝냈습니다. 다시 재발하면 항암 치료는 안 받습니다. 움직이지 않는 내 두 다리를 내려다본다는 현실은 가혹합니다. 제일 먼저 머릿속에 떠오른 것은 자살이라는 단어. 주변인에게 피해를 주지 않고 고통 없이 내 삶을 마감할 수 있는 방법들을 궁리해 봅니다. 그러다가 문득 그동안 그려 온 내 작품들이 지인의 창고에 초라하게 방치되어 있는 데 생각이 미칩니다. 그리고 내 삶을 스스로 마감하는 건 다음으로 미뤘습니다. 삶에 그다지 애착은 없지만 아직 그림다운 그림이 없어 내 자신에게 화가 납니다. 훗날 남겨질 내 작품이 쓰레기 취급받는 것이 제일 무섭습니다.

얼마 전 두 다리를 대신할 휠체어를 주문했습니다. 그래도 내가 물감 좀 만졌다고 화려한 오렌지색이지요. 잠시 드로잉을 해 보는데 항암 후유증인지 손이 떨립니다. 작가는 오직 단 한 작품을 위해 애쓸 때 아름답습니다. 예전에는 그냥 그림만 그리면 예술의 신을 바로 영접할 줄 알았는데……. 찾아오는 이 하나 없는 조용한 7인 병실, 어눌한 말투의 조선족 간병인만이 오고 갑니다.

멍하니 천장만 바라보다 문득 창밖을 보면 멀리 버스정류소에 서 있는 사람들이 부럽습니다. 버스 타고 인사동 나가 본 지도 오래되었네요.

살아도 산 것 같지 않은 느낌. 박제된 인간이라는 생각. 얼마 전까지의 내 삶은 늘 긍정적이었는데 지금은 하얀 백지입니다.

이후 나는 우연히 그를 병원 로비에서 만나게 되었다. 외래 방문을 위해 온 모양이었다. 일전의 사건 때문인지 우리 사이에 약간의 서먹한 공기가 있었다. 그와 함께 밖으로 나갔다. 쌀쌀한 바람이 불고 있었다. 나는 머뭇거리다가 그에게 말했다.

"그때 미안했어요."

그는 내 말을 듣고 씩 웃어 자기 특유의 멋진 미소를 만들었다.

"형님, 힘들진 않으세요?"

그는 웃음을 볼에 건 채로 하늘을 바라보며 말했다.

"괜찮어. 난 그림만 그리면 돼."

투명한 하늘에 색이라곤 하나 없는 구름이 듬성듬성 걸려 있었다. 오늘따라 하늘이, 그가 형형색색의 물감을 마음껏 부을 넓은 캔버스처럼 보였다.

딱한 사정

감정을 낭비하면
작은 비극이 만들어진다

———

COPD(chronic obstructive pulmonary disease, 만성폐쇄성폐
질환)이라는 어려운 이름을 가진 병이 있다. 천식과 만성 기
관지염, 폐기종이 교묘히 섞인 골치 아픈 병이다. 보통은 남
자 환자가 많고, 흡연 등이 주된 원인이라고들 한다. 미세
먼지가 많은 중국에는 특히 환자가 더 많다고 한다. 그런데
완치가 없는 고통스러운 병이다. 고치기가 어려우니 희망
을 찾는 환자들에게 사기꾼들도 많이 들러붙는다. 한번은
간호사 한 명에게 "적어도 이 병으로 죽지는 않았으면 하는
병 뭐 있냐?"라고 물었는데 거침없이 COPD라고 했다. 그
간호사는 호흡기 병동 담당이었다. 병이 생긴 순간부터 죽

을 때까지 계속 호흡 곤란을 달고 사는 환자들을 보며 드는 당연한 생각이었을 것이다.

이 병의 병리는 매우 특이하다. 만성적인 기관지 염증이 기로를 좁아지게 한다. 마치 미끼를 보고 좁은 덫 구멍 안으로 뛰어든 토끼마냥, 숨을 들이마시면 공기가 들어가는데 나오지를 못한다. 들이마신 깨끗한 공기는 이산화탄소가 된다. 그런데 기관지 통로가 너무 좁으니 이산화탄소가 밖으로 나오질 못한다. 숨을 쉬면 쉴수록 더러운 공기가 쌓인다. 그런데 퇴로가 없다. 그래서 폐가 늘어난다. 딱딱한 갈비뼈를 밀고 나갈 수는 없으니 나중에는 아래로 민다. 거기엔 횡격막이 있다. 그렇게 COPD 환자의 폐는 위아래로 긴 형태가 된다. 이를 의사들은 배럴 체스트(barrel chest: 드럼통 모양의 가슴)라고 한다. 이산화탄소가 너무 쌓이면 뇌에 영향을 미치게 되는 지경에 이르기도 한다. 호흡 곤란이 왔다가 잠들고, 기도삽관해서 살아나면 퇴원하고, 이후에 또 입원하고, 이런 악순환의 반복인 것이다.

대개는 후천적인 환경 요인이다. 오래된 흡연자이거나, 먼지를 많이 마시는 직업군은 더 잘 걸린다. 그런데 선천적으로 그런 사람도 있다. 바로 척추기형 환자들이다. 특히 후만증(kyphosis)을 가진 환자들이 COPD가 있다. '꼽추'라 불리우는 이들이다. 기관지의 문제가 아니라, 선천적으로 폐의 구조가 뒤틀려 있기 때문에 공기의 순환이 원활하지 못하다. 다른 일반적인 COPD환자는 노인이 많지만 후만증 환자는 젊은 사람도 많다. 이들의 손목을 보면 채혈 자국이 가득하다. 대개의 경우는 딱한 마음을 갖게 된다. 하지만 항상 그런 것도 아니다.

"이렇게까지 제 마음을 알아주시는 선생님을 만난 건 처음입니다."

40대 중반의 이 남자, 이런 식으로 나를 녹여 볼 생각인 거다. 당시의 나는 레지던트 1년 차의 초짜 의사였다. '제 마음을 알아주셔서 감사합니다'. 초짜 의사라면 누구나 듣고 싶어 하는 말이다. 하지만 이런 상황에선 곤란하다. 넘어가면 안 된다. 나는 그의 웃는 낯 앞에서 가슴 앞으로 팔짱을 껴 버렸다.

"네, 알겠어요. 그래도 퇴원은 하셔야겠어요. 이미 편의는 많이 봐 드렸고요."

……

"하……. 며칠만 더 있을게요."

"곤란해요."

한 발치 뒤에서 수간호사 선생님이 내가 하는 일을 지켜보고 있었다. 의사인 내가 문제없이 그를 잘 퇴원시키는지 감시하기 위해서였다.

이 남자는 입원 중 저지른 잘못으로 원치 않는 퇴원을 할 처지였다. 입원 당시에는 숨이 많이 차 응급실로 왔고, 정신이 혼미해지는 도중 스테로이드와 흡입기를 썼다. 다행히도 입원 사일 만에 호흡 곤란은 어느 정도 사라졌다. 원래대로라면 퇴원도 가능한 치료력이다. 하지만 그는 본인의 집으로 가기보단 병원에 며칠만 더 있고 싶다 했다. 추가 검사도 있고 하니 우리 의료진은 동의했다. 평범히 지냈다면 가능했을 얘기였다.

그런데 사고가 생겼다. 환자는 자기 담당 간호사의 허벅지를 만졌다. 피해 간호사는 혼비백산했고 소식은 주치의인 내게 곧바로 올라왔다. 처음 이 소식을 들었을 때 나는 크게 화가 났다. 고마움을 모르는 사람이라 생각됐다. 나는 사건 소식을 듣자마자 한걸음에 병동으로 달려갔다.

환자는 순순히 자기 잘못을 인정했다. "퇴원하셔야겠다."

라는 지시에도 금세 수긍하는 듯했다. 화가 나 달려갔지만 자기가 잘못했다 하니 금세 마음이 수그러들었다. 나는 그가 무슨 생각으로 병원에서 그런 일을 했는지 물었다. 병 이외에도 환자의 모든 상황을 고려하여 치료하는 모습을 보이고 싶었다. 초짜 의사였기에 수간호사가 지켜보고 있으니 더욱 그런 모습을 보이고 싶었다.

"제가 꼽추이지 않습니까."

그는 말문을 '꼽추'로 열었다. 사전적으로 '꼽추'는 비하의 의미가 있는데 그걸 환자가 본인 입으로 뱉으니 마음이 불편해졌다. 괜히 미안해진 것이다. 목 높이까지 직각으로 꺾여 솟은 척추, 어린이 정도 되는 작은 키……. 당연하겠지만 의사들끼리는 환자를 꼽추라 하지 않는다. 우리는 굳이 '후만증'이라는 익숙하지 않은 단어를 사용한다. 감정을 뺀 건조한 단어가 의사들의 생리에 맞는다. 섣부른 동정을 해서는 병에 집중할 수 없다.

"제가 혼자 삽니다. 처음부터 그렇진 않았어요. 나도 아내가 있었죠. 그런데 꼽추랑 사는 게 그 여자도 쉽진 않았겠죠. 몇 년 있다가 집을 홀랑 나가버렸어요. 외로웠어요. 재혼이요? 나 같은 놈이 어디 여자 만나기가 쉽나요. 운명이

겠거니 하고 그냥 사는 거죠. 아니, 사는 것도 쉽지 않았어요. 몇 년을 술과 함께 살았죠. 아내를 찾아보고 싶기도 했어요. 그런데 일을 마치면 전혀 여유가 없어요. 몸이 이렇게 불편하면 하루 벌어 하루 사는 것 말곤 뭘 할 수가 없습니다. 하루라도 쉬면 굶어야 하는 거예요. 그러니 몇 년이 후딱 가더군요. 그런데 제가 외로움을 많이 타요. 시간이 지나도 혼자 있기는 죽어도 싫더군요."

환자는 내가 딱한 감정을 갖기 시작한 걸 눈치챈 모양이었다. 그는 점점 자기감정에 더 몰입한 표정을 지었다. 곧 눈물이라도 글썽거릴 것만 같았다.

"노동일이 얼마나 힘든 줄 아십니까? 사람들이 또 꼽추한테는 무시도 곱절로 합니다. 모든 화풀이도 다 나한테 해요. 나는 또 좀만 일하면 숨이 차잖아요. 그래서 조절해 가며 일하려고 좀 쉬면 발로 찹니다. 그뿐입니까? 누명도 씌워요. 한 번은 돈이 없어졌다고 소리를 지르더니만……. 그날 저녁에 나가래요. 억울해요. 너무 분해서 발을 동동 굴렀습니다. 그랬더니 또 때리고, 돈 갚으라고 하지 않는 것만으로도 고맙게 알랍디다. 지금 드는 생각인데 아마 그 양반이 떼어먹었던 것 같아요. 그래놓고 나한테 뒤집어씌운 거죠."

들고 있으니 측은지심이 더 강해졌다. 나도 과거 누명을 썼던 기억도 나고, 약자라 불이익을 당했던 경험도 생각났다. 괴롭힘을 당하는 이야기 부분에서 나는 고개를 저으며 말했다.

"몸이 아픈데 그런 일도 당하고, 정말 힘들게 사셨네요."

그는 내 말을 듣더니 옅은 웃음을 지었다. 회심의 미소였다. 그리고 입원 연장의 쐐기를 박기 위해 마지막 일격을 던졌다.

"이렇게까지 제 마음을 알아주시는 선생님을 만난 건 처음입니다."

나는 그 말을 듣고서야 번뜩 정신이 들었다. 그전에 동료가 했던 말이 생각났다. 그는 같은 말을 어떤 후만증 환자에게서 들었다고 했다. 후만증 환자는 흔하지 않다. 동일 인물일 가능성이 높았다. 그러고 보면 이 환자가 간호사를 성추행한 것은 이번이 처음이 아니었다. 내 동료가 당시 주치의였고, 그 역시 환자의 현란한 말솜씨에 넘어가 제대로 된 판단을 못 했다고 했다. 그런데 나중에 곰곰이 생각해 보니 자기가 당했다는 생각이 든 것이다. 그는 회식자리에서 울분에 차 당시 상황을 토로했다. 그런데 그때 상황이 오늘 또 벌어진 게 분명해 보였다. 생각해 보면 오늘 일어난 사건과 환자의 병은 아무런 관련이 없었다.

나는 고개를 돌려 병실 입구에 기대고 서 있는 수간호사 선생님을 불러 물었다.

"혹시 이 환자 (성추행) 전적이 있나요?"

"그렇다고 하네요. 너무 예전 간호 기록이라 찾기 힘들었지만요."

그녀는 뭐 당연한 이야기를 물어보냐는 듯 심드렁히 대답했다. 그의 웃는 낯이 다르게 느껴졌다. 나는 이제야 환자에게 어쭙잖은 동정을 갖기는 어렵겠다는 생각이 들었다.

"마음을 잘 이해한다……. 네, 알겠어요. 그래도 퇴원은 하셔야겠어요. 이미 편의는 많이 봐 드렸고요."

"하……. 며칠만 더 있으면 안 되겠습니까?"

"이번이 처음도 아니잖아요. 안 됩니다."

"치료는 해야 할 것 아닙니까?"

"치료 다 했어요. 숨도 안 차지 않습니까? 검사 결과도 좋습니다."

"어떻게 안 되겠습니까?"

"저는 더 드릴 말씀 없습니다."

갑작스레 내 단호한 모습을 마주한 그는, 잠시 침묵하더니 한숨을 쉬며 대답했다.

"네······. 알겠습니다."

그는 힘없는 얼굴로 주섬주섬 자기 짐을 챙겼다. 나는 바로 환자를 뒤로하고 병실을 성큼 걸어 나왔다. 그곳에 더 있다가 또 어떤 설득을 당할지 모를 일이었다. 선천적 장애로 겪는 극심한 호흡의 고통. 나는 감히 이해할 수 없다. 풍요로운 가정환경에서 건강하고 곱게 큰 내가 어찌 이해할 수 있을까. 환자가 고통스러운 나머지 부지불식간에 저지르는 부적절한 행동도 그렇다. 그의 병은 확실히 그의 가정 파괴에 영향을 미쳤다. 나라도 같은 환경이라면 어떤 행동을 했을지 모르는 일이다.

그럼에도 나는 이 퇴원은 반드시 이뤄져야 하는 것임을 깨달았다. 감정을 낭비하면 작은 비극이 만들어진다. 딱한 사람의 소원이라는 핑계로 공공의 의료 자원을 조금이지만 망가뜨리고, 신규 간호사가 입은 마음의 상처도 아무 일 없던 듯 넘어갈 뻔했다.

문 앞에 삐딱하게 서 있던 수간호사는 병실을 나서는 내게 뼈아픈 질문을 던졌다.

"간단한데 뭐가 그렇게 오래 걸려요?"

"사정이…… 딱하잖아요."

"선생님은 너무 착해서 탈이야. 그럼 퇴원 진행할게요."

그녀는 내게 미소를 지어 보이며 말했다. 간단한 일에 내 감정을 소모한 사실을 들킨 것 같았다. 미숙한 의사처럼 보였을 것 같다는 데 생각이 미치자, 얼굴이 붉게 달아올랐다.

3부

아픔을 지나는 길

심하게 대비되는 환자의 예전의 모습을 떠올리며,
보호자들은 쓰린 기억 보따리를 풀어놓았다.

나는 환자들의 살아온 이야기를 들으며
인생의 시작과 끝을 생각해 볼 수 있었다.
생각의 끝은 언제나 답을 낼 수 없는 질문 하나였다.
인생은 허무한가, 아니면 의미 있는 것인가.

부모는 자식의 아이가 된다

살아 내기 위한 싸움은 아버지의 몫이지만
아버지를 지키기 위한 아들의 싸움이기도 하다

———

의사로 일하면서, 자기 부모의 머리를 쓰다듬는 자식을 여럿 봤다. 우리 문화에서 부모는 공경해야 할 존재, 때로는 어렵기까지 한 대상이다. 그래서 처음에 봤을 땐 이질적으로 느껴졌다. 이들은 자기 부모를 이제는 아이처럼 생각하고 대했다. 부모는 노화 앞에 천천히 사그라들고 있었다. 자녀는 늙은 부모 앞에 그 어느 때보다도 당당하게 우뚝 서 있지만, 그런 자기 모습을 자랑스러워하기보다는 당혹해한다.

생각해 보면, 자기 아버지를 살해하고 어머니를 아내로 취한 오이디푸스의 이야기는 인류의 무의식에 숨은 오랜 욕망이다. 아들은 평생 아버지를 넘어서기 위해 산다. 도스

토예프스키는 소설 《카라마조프가의 형제》에서 이런 심리를 "모든 아들은 자기 아버지가 죽기를 원한다."는 강렬한 대사를 빌려 묘사했다.

나는 어머니를 사랑한다. 그녀는 내 분신이다. 그런데 아버지란 사람이 나타났다. 그는 어머니를 빼앗아 자기 침실로 데려갔다. 밉다. 명백한 나의 적이다. 저항하고 싶다. 그를 이기고 싶다. 하지만 나는 약하다. 나는 아버지의 보호가 없으면 생존할 수 없는 무기력한 포로이다. 굴복할 수밖에 없다. 이상하게도 그는 나를 좋아하는 듯 보인다. 나를 먹이고 입히고 지켜 주며, 참고, 기쁘게 해 주려 노력한다. 나는 그가 싫지만 가끔은 좋아지기도 한다. 강하지만 자애로운 그를 닮고 싶다. 그에게 인정받고 싶다. 이길 수 없는 적이지만, 그를 존경한다.

언제까지나 강할 줄 알았던 아버지의 노화는 누구에게나 충격적인 현실이다. 나는 커지고 부모는 작아진다. 결코 넘을 수 없을 것 같았던 높은 벽이 무너지고 있다. 그렇게도 뛰어넘고 싶었던 부모의 큰 어깨가 실제로 쪼그라들게 되었을 때 기뻐하는 이는 없다. 어느새 포로는 오랜 적을 사랑하게 되었다. 곧 육친과 이별할 수도 있다는 생각을 하게 된다면, 필부는 울곤 한다. 이들은 늙은 어버이를 내가 지킬 때가 왔다는 현실을 자각하게 된다. 부모는 그렇게 자식의 아이가 된다. 나는 이들에게 무례함보다는 사랑을 느낀다.

현대 중환자의학을 꿰뚫는 큰 콘셉트라 한다면, 인간의 수명을 어떻게든 연장시킬 수 있다는 강한 자신감이라 하겠다. 인체를 하나의 기계로 보는 철학이며, 이러한 접근법은 웅장한 현대 의학을 일궈 냈다. 의과학자들은 환자의 육체를 오래된 차 정도로 생각하는 경향이 있다. 차를 오래 타면 부품이 하나씩 망가지지만 교체하면 또 굴러가듯, 장기가 하나씩 망가져도 대체 도구만 있다면 문제없이 사용할 수 있다는 생각이다. 여기 포함되는 환자들은 현대 의학에 많은 빚을 진 수혜자들이다. 신장이 없어진 사람도 이틀에 한 번 투석하며 몇 십 년 더 살았고, 숨을 못 쉬어 한 번 죽었어도 기관 삽관을 하고 부활했다. 심장 같은 중요한 장기까지도 현대 의학은 심지어 대체 도구를 만들어 냈다. 실로 대단한 인류의 유산이다.

한편 이렇게 살아가는 환자들을 보면 딱하다는 생각이 든다. 살아나는 과정은 고통스럽다. '저렇게까지 해서 살아야 하나' 싶기도 하다. 어떤 보호자들은 마음이 아픈 나머지 사랑하는 환자를 살려 주는 고마운 도구를 '지겨운 것'이라며 폄훼한다. '생명 유지 장치'라는 단어가 부정적 뉘앙스로 더 많이 쓰이는 이유이기도 하다.

내가 본 팔십 대 후반의 남자는 생명 유지 장치를 장기마다 달고 있던 사람이었다. 배짝 말라 거죽이 뼈를 덮고 있는 시체 같은 몸을 가졌다. 수많은 관들이 티브이 뒤 먼지 쌓인 전기코드처럼 몸 위로 뒤엉켜 있었다. 암으로 담관이 막혀 담즙이 고이자 몸 밖으로 빼는 관을 복부에 수 개 박고 있었고, 복수를 빼는 관 몇 개, 밥도 아니고 약 투여만을 위한 비위관 하나, 승압제와 영양제 투여를 위한 팔의 중심정맥관 하나, 쇄골 아래 투석 도관 하나, 숨 쉬기 힘들어 산소 투여를 위한 콧줄 하나……. 누구라도 원하지 않을 끔찍한 마지막 모습이었다. 이미 여러 번의 수술로 몸이 성하지 않은 상태에서, 그중 하나라도 없으면 곧 떠날 수도 있는 가녀린 몸. 보호자는 식사도, 말도, 심지어 눈도 못 마주치는 아버지에게 자주 말을 걸었다.

"아빠, 나랑 놀자."

놀기에 어울리지 않는 외모였지만, 그 말에는 환자는 이따금씩 반응하곤 했다. 기분이 좋아 보였다. 마치 기분이 뾰로통한 어린아이에게 '엄마랑 놀자' 하면 금세 헤헤거리며 달려오듯이, 아버지는 놀자는 말에 바보 같은 미소를 지었다. 그는 딸의 자식이 되어 있었다.

무기력한 환자들 중 많은 수가 젊은 시절 들판을 헤집으며 인생을 산 야인이었다. 보호자들은 심하게 대비되는 예전의 모습을 떠올리며, 의사에게 쓰린 기억 보따리를 풀어놓았다. 그들은 기억 속 부모를 소환하며 현실을 잊었고, 나는 환자들의 살아온 이야기를 들으며 사람의 인생의 시작과 끝을 생각해 볼 수 있었다. 생각의 끝은 언제나 답을 낼 수 없는 질문 하나였다. 인생은 허무한가, 아니면 의미 있는 것인가.

가장 기억에 남는 전직 야인은 75세 남자였다. 아들은 얼굴선이 굵고 풍채가 좋은 건장한 중년이었다. 아들을 보면 생전 환자의 모습을 쉽게 상상할 수 있었다. 그는 구부러지느니 부러질 것같이 강한 사람이었다. 젊은 시절 험한 건축 일을 했다고도 했고, 매일 술 마시는 호걸들과 어울리며 산

업화 시대를 살았던 강한 남자였다고 했다.

그런 그는 75세에 처음 입원이란 일을 겪게 된다. "부신 기능 저하입니다. 스테로이드를 당분간 써야 합니다."라는 말을 들었을 때도 이렇게까지 오래 입원할 거란 생각은 못 했을 것이다. 그런데 어림잡아 오 개월을 입원해 있었다. 긴 입원은 강인하던 그를 완전히 망가뜨렸다.

위장관 출혈이었다. 스테로이드의 부작용이다. 예방적으로 위장관 보호제를 쓰지만, 예방으로는 부족했다. 그는 어느 날 흑변을 보았고, 맥이 빨라졌고, 얼굴이 하얘졌고, 혈압이 떨어졌다. 장 어딘가에서 피가 새고 있었지만 약간 늦게 알아챘다. 활동성 위장관 출혈은 초응급이다. 의료진은 즉시 내시경 지혈술을 시행했다. 당시 그는 죽음의 문턱까지 갔다. 심폐소생술을 하고 기관 삽관을 했고 중환자실로 이송되었다. 보호자는 환자를 잃을 수도 있다는 말을 들어야 했다.

천신만고 끝에 환자는 살아났다. 눈을 뜨고 기관 삽관 튜브를 뽑고 다시 병실로 올라왔다. 하지만 한 번 멈췄던 심장은 장기 전반을 망가뜨렸다. 그중 하나는 신장이었다. 그는 일생에 한 번도 상상하지 못한 투석 치료를 받아야 했다. 일주일에 세 번, 냉장고만 한 투석기가 돌아가는 소리를 들으며, 그래도 살아서 다행이라는 생각을 강요당했다. 지병으로 간암이 있었지만 암 같은 무서운 병의 치료도 뒷전으로 물러났다. 암은 나중 문제고, 일단 지금은 살아 있어야 했기 때문이다.

그렇게 몇 개월이 지났다. 내가 새로 그의 병동 주치의를 맡아 면담했을 때, 아들은 "이렇게 보낼 순 없어요."라고 말했다. 간절한 눈이었다. 젊고 힘 넘치는 그는 제대로 된 작별이라면 모든 대가를 치를 각오가 되어 있어 보였다. 싸움은 아버지의 몫이지만, 자기 싸움이기도 하다는 뜻이었다. 나는 "맞아요. 이렇게 보낼 순 없지요."라고 대답했다.

입원이 길어지면 환자도 문제지만, 보호자 역시 피폐해지기 마련이다. 오죽하면 "긴 입원 앞에 착한 보호자는 세상에 없다."라는 말이 있을 정도다. 그런데 이 보호자는 고맙게도 긴 입원에 불평 한 마디 없이 모든 치료에 협조했다. 그는 내게 자주 고맙다고 했고, 나도 그에게 가끔 잘 따라와 주서서 고맙다고 말했다.

환자와 강한 라포르가 형성되면 정말 온 힘을 다해 환자를 살리고 싶다는 생각이 든다. 나는 그즈음해서 스트레스

아닌 스트레스를 받기 시작했다. 이 환자를 자주 보러 가고, 하루 종일 십 분 걸러 환자 차트를 열어 보고, 휴일에 집에 와서도 당직에게 전화를 걸어 봐 달라고 부탁하기도 했다. 떠올려 보면 할 수 있는 모든 최선이 그를 위해 쓰였다. 그렇게 내가 병동 주치의를 맡은 한 달이 지났다. 내 노력 덕인지 환자가 잘 버텨 준 것인지 그는 조금씩 상태가 좋아지기 시작했다. 마지막 31일 주치의가 끝나던 날 "할아버지, 잘 지내세요."라고 말했을 때 환자는 웃어 주기까지 했다.

몇 달이 지났다. 나는 병동에서 일하다가 우연히 낯익은 이름을 들었다. 그의 이름이었다. 간호사들은 그가 '곧 돌아가실 것 같다'며 인계하고 있었다. 뭐라고? 내가 떠날 때만 해도 좋아지고 있었는데. 퇴원할 수 있었을지도 모르는데. 정말 힘들게 이루어 낸 회복이었는데. 환자와 의사와 보호자 모두 한마음으로 싸웠는데. 그런 그가 왜? 나는 차트와 검사 결과를 열었다. 가슴 엑스레이를 보니 달갑지 않은 뭔가가 폐 전체를 하얗게 뒤덮고 있었다. 나는 닥쳐오는 허무함에 탄식했다.

어이없게도 독감이었다. 독감이 유행하기 전 완벽히 회

복시켰어야 했는데 조금 늦었다. 건강한 사람들에게 독감은 그저 '독한 감기' 정도의 개구쟁이를 겪는 짜증스러운 며칠이겠지만, 그에게는 수개월의 회복이라는 공든 탑을 한순간에 무너뜨리는 절망스러운 사건이었다. 누군가의 과오라 하기도 어려웠다. 병원에는 수많은 사람들이 오간다. 주치의가 응급실 환자를 보고 옷에 묻혀 왔을지도, 옆방 환자를 보러 온 방문객이 이 환자의 문 앞에 바이러스를 떨구고 갔을 수도, 보호자가 어린 아들의 감기를 배달했을 수도 있는 일이었다.

나는 그의 방을 찾아갔다. 복도를 걸어가는 동안 예전 주치의로서 노력한 한 달을 떠올렸다. 걸으며 보호자에게 어떤 말을 해야 할지 고민했다. 무슨 말을 해야 할지 잘 모르겠다는 생각이 들었다. 어쨌든 어떤 말을 하더라도 '참 허무하네요'만큼은 안 될 것 같았다. 실제로 너무 허무했기에 더욱 해서는 안 되었다. 내 말 한 마디에 보호자는 무너질지도 모르는 일이었다.

덩치 큰 아들은 오늘도 방 안에 있었다. 그는 아버지의 침대 맡에 엎드려 있었다. 내가 주치의일 때에도 많이 봤던 모습이다. 참 한결같은 사람이었다. 그는 내 인기척을 느끼고 반갑게 맞아 주었다. 그저 반갑지만은 않은 이 상황이 방 안 공기를 무겁게 가라앉혔다.

"참, 허무하네요. 선생님. 그래도 고마웠습니다."

아들은 아버지의 머리를 쓰다듬으며 말했다. 환자의 빛 나던 흰 머리칼은 회색으로 녹슬어 있었다. 나는 아들만이 할 수 있는 말을 듣고, 의사로서 가장 적절한 대답을 떠올 렸다. 그리고 "그렇지 않다."고 "많이 고생하셨고 그저 이런 마지막에 마음이 아플 뿐이다."라고 대답했다. 마음에 없는 말이었지만 이걸로 나쁘지 않다고 생각했다.

방문을 닫고 나오며 내 아버지의 얼굴이 떠올랐다. 요즘 부쩍 나이가 들어 보이는 아버지였다. 아버지는 저번 주에 '건강 좀 챙기라'는 내 잔소리가 듣기 좋다고 하셨다. 아버 지가 너무 보고 싶었다. 나는 아버지에게 전화를 걸었다.

복된 병

병에 걸린 후 바뀌어 버린 삶을
받아들이는 데 정답은 없다

————

　의미도 잘 모르는 수술 동의서를 읊다시피 했다. 그녀
의 아버지는 다 듣더니 궁금한 것들 백 개 정도를 쏟아 냈
다. 하지만 나는 아는 것이 적었다. "자세한 것은 집도의에
게 들으세요." "그건 저도 잘 모릅니다." "그것도 잘 모릅니
다." "죄송하지만 제가 말씀 드리기 어렵습니다." 나는 좌절
한 남자 앞에서 앵무새같이 모른다는 말만 웅얼거리다 지
쳐 버렸다. 나 때문에 의료진 전체의 실력이 의심받는다는
생각이 들자, 결국 선배 의사의 이미지를 지키기 위해 발가
벗은 모습을 드러내야 했다.

　"사실 저는 올해 막 의사가 된 인턴일 뿐입니다."

심지어 첫 달이었다. 의사라 불러 주면 그저 고맙고 부끄럽던 새끼 의사, 인턴.

병원 우스갯소리로 '인턴 밑에 바닥이 있다.'고들 한다. 이들은 적절한 수련이 끝나기 전까지는, 아무리 의사라고 해도 '짬'이 부족한 사관생도 같은 대접을 받는다. 인턴은 사실 무늬만 의사다. 급성기 치료가 이루어지는 종합 병원 안에서는 일하는 데 방해나 되는 그런 존재다. 하루 종일 여기저기서 욕먹지 않을 수 없다. '청운의 꿈을 품고 천신만고 끝에 의사가 되었는데……' 인턴은 큰 자괴감에 빠진다.

인턴 첫 달은 신경외과였다. 신경외과는 앞서 말한 정신적 압박은 없었지만 육체적으로 너무 힘들었다. 수련 전체를 통틀어 이때가 최악이었다. 매일 수면 부족에 시달렸고 세 시간 자면 많이 잔 편이었다. 한 달 동안 퇴근했던 시간은 전부 여섯 시간. 그나마도 과장님이 인턴 놈 불쌍하다고 보내 준 것이었다. 어디 하소연할 수도 없었다. 나보다 레지던트 선배들은 더 힘들었기 때문이다. 한 레지던트는 과중한 업무를 참다못해 전화기를 끄고 도망쳤는데, 나가는 도중 너무 졸려서 잠깐 병원 벤치에 앉아 곯아떨어졌고 곧 선배에게 발각되어 잡혀 끌려갔다고 했다. 또 다른 레지던트 하나는 어차피 병원에서 하루 종일 있기 때문에 집이 따로 없었다. 거주지는 중환자실 당직실이었다. 연초에 주차한 차는 일 년 내내 출차할 일이 없었다고 하고 차 안에 모든 살림살이가 들어 있었다. 고무 신발을 일 년 내내 신고 다녀 발뒤꿈치는 가운만큼 하얗게 변해 있었다. 덕분에 그는 매우 숙련된 의사가 될 수 있었지만, 아마도 그 대가로 목숨 몇 년분을 치렀을 것이다.

응급실로 환자가 오면 응급의학과 의사가 초진을 보고, 입원이 필요하면 각 분과를 호출한다. 앞서 말한 환자는 이십 대 중반의 젊은 여자였다. 어머니가 쓰러져 있는 그녀를 발견하고 응급실로 데리고 왔다. CT를 찍어 보니 뇌출혈이었다. 응급의학과는 신경외과를 응급실로 호출했다. 하지만 몇 안되는 신경외과 의사들은 방금 전 수 시간의 수술을 막 마치고 쉬고 있던 참이었다. 이날의 집도의는 그녀의 CT를 보고는 한숨을 내쉬었을 수도 있다. 두말할 것 없이 수술할 케이스는 맞는데 너무 피곤했을 테니까. 그는 내게 편한 전화 한 통을 걸었다.

"인턴 선생."

"네! 선생님. 호출하셨습니까!"

"응급실에 헤모리지(brain hemorrhage, 뇌출혈) 하나 있어. 응급 수술해야 하니까 네가 내 대신 내려가서 수술 동의서 받고 수술방 준비해 놔."

"네, 선생님!"

"할 줄 알지?"

"네, 선생님!"

나는 심지어 벌떡 일어서서 전화를 들고 "네, 선생님!"을 복창했다. 이제 막 직장 생활을 시작한 초년생으로서 상급자의 지시 하나하나는 전신의 근육을 긴장시켰다. 그의 지시 사항을 잘 이행할 수 있을지는 몰랐지만 일단 안다고 대답해야 했다. 물론 개두술의 전반적인 내용은 배워 알고 있었다. 하지만 수술방에 들어가 본 적도 없고, 구체적인 테크닉, 마취 과정, 깨어나는 과정, 예후 같은 내용은 알지 못했다. 이대로 갈 순 없기에 재빠르게 수술과 관련한 내용을 훑고, 수술방 준비를 마취부에 알리고 응급실로 달려갔다.

그녀의 아버지 입장에서 한 번 생각해 보자. 갑자기 딸이 쓰러졌고, 응급실에 갔더니 문제가 있다고 호들갑을 떨고, 신경외과 의사를 호출했으니 수술 설명을 들으라고 하고, 그리고 의사 하나가 내려왔다. '아! 저 사람이 내 딸을 살릴 집도의구나!'라고 생각할 수도 있는 것이다.

정말 미안하게도 나는 그를 실망시킬 거의 모든 요소를 갖고 있었다. 계속되는 질문에 부적절한 대답을 하는 데 지친 나는 급기야 "저는 고작 인턴입니다."라고 고백해 버렸다. 하지만 그는 진실을 알았음에도 멈추지 않았다. 지금 붙잡을 수 있는 단 하나의 줄이라고 생각했는지 질문 폭격은 계속되었다. '당신이 초짜라는 건 알겠지만, 그래도 하나라도 아는 게 있으면 대답해 다오.'였다. 몇 개는 답변이 가능했다. 응급실에 오기 전 잠깐 책이라도 읽어 보고 오기 다행이었다.

그녀는 곧 수술방으로 올라갔다. 수술방 준비가 끝나니 수술까지는 일사천리였다. 신경외과 의사들은 24시간 수술을 위해 준비된 상태였다. 하루에 몇 시간이나 수술을 할 수 있는지 정말 굉장한 체력이었다. 한 달의 인턴 기간 동안 엿본 이들 의사의 삶을 통해 나는 존경하는 마음을 품게 되었다. 방금 전까지는 앉기만 해도 자는 피곤한 육체였지만 수

술만 시작되면 눈을 반짝였다. 체력으로만 설명하기는 부족하다. 자기 일을 사랑하지 않으면 견딜 수 없는 업무 강도였다.

그렇게 수술이 끝났다. 피투성이 라텍스 장갑을 낀 두 손 위로 그녀의 잘린 두개골 일부가 담겼다. 뇌 감압이 끝나면 수개월 후 다시 끼워 맞출 뼈였다. 나는 해골을 들고 병리과로 가져갔다. 뼈를 보관하는 곳은 굉장한 크기의 냉동고였다. 냉동고 안에는 수많은 사람의 뼈가 냉기 속에서 다시 주인의 머리 위에 얹히길 기다리고 있었다. 하필 냉동고가 있는 방은 어스름한 형광등 하나뿐이어서, 쌓인 해골들과 냉기, 어둠이 공포영화 분위기를 연출했다. 왠지 모를 불안한 미래가 느껴졌다. 하지만 근거 없는 두려움이었기에 나만이 간직해야 할 것이었다.

보호자는 대기실 모니터에 뜬 딸의 이름 옆 '수술 중'만 보며 몇 시간을 보냈다. 하지만 수 시간의 수술 후 신경외과 의사는 보호자를 만나 짧은 설명만을 남기고 홀홀 떠났다. 그래서 환자의 아버지는 심한 갈증을 느꼈다. 그러던 차에 환자 두개골을 냉동고에 넣고 복도를 지나고 있는 나를 멀리서 발견하고 뛰어왔다. 아버지라는 사람은 나름 나를 좋게 평가하는 것 같았다. 그는 나도 수술방에 들어갔는지를 묻고 이것저것 수술에 대한 질문을 던져 댔다. 아까 응급실에서 드린 실망감을 만회하기 위해 내가 알고 있는 모든 것을 말했다. 그를 돕고 싶기도 했고, 의사로서 인정받아 기분이 좋기도 했다. 하루 종일 발길에 치이는 돌 취급을 받다가 누군가에게 도움되는 이로 격상한 기분은 황홀했다.

당시 나는 환자와의 관계를 연습하는 데 많은 노력을 기울이고 있었다. '경험 많은 의사가 되면 임상에 열중하느라 바쁠 테니 밑바닥에 있을 때 환자와 인간적인 관계를 많이 다져 보자'는 것이었다. 예전에 엠마 톰슨 주연의 〈위트〉라는 영화를 보고 큰 감동을 받았었는데, 거기 나오는 한 장면이 이런 결심에 한몫했다.

영화에서는 큰 성공을 거둔 한 여자가 암에 걸려 죽어 간다. 그녀를 병을 가진 대상으로만 보는 비인간적인 주치의와 대조적으로, 아이스크림을 같이 까먹으며 수다를 떨던 담당 간호사의 모습. 나는 간호사의 인간적인 면모에 반해 '나도 쓸데없는 얘기도 해 보고, 같이 간식도 먹어 보고 싶다!'고 생각했다. 그래서 나는 일부러 기회를 만들어 냈다.

환자와 오래 있을 수 있는 술기, 예를 들면 드레싱이나 도관 세척 같은 일은 남의 일이라도 내 업무로 가져오곤 했다.

그러던 중 환자의 보호자가 먼저 나를 찾은 것이다. 그들은 내 자세한 설명을 들은 그날 이후 나를 볼 때마다 반겼다. 나는 인정받는 기분이 좋아 일부러 병실에 회진을 돌곤 했다. (인턴은 주치의가 아니기에 회진을 돌 필요가 없다.) 환자는 빠르게 회복하고 있었다. 정신도 많이 맑아졌다. 단지 성격이 많이 변했다고 했다. 목표지향적이고 날카롭고 예민한 성격의 똑똑하던 그녀는, 수술 후 바보같이 휴대전화로 게임만 했다. 보호자들은 매우 걱정이 많았다. 그들은 내가 뛰어난 심리치료사라도 되는 양 조언을 구하고는 했다. 그때 나는 높이 오른 기분에 취해, 몇 년이 지난 지금까지도 생각나는, 인턴 시절 중 가장 후회되는 실수인 그 한마디를 하고야 말았다.

"그래도 예전보다 가족이 화목해지셨다니까, 복된 병 아닐까요."

당시에는 몰랐다. "네 맞아요, 선생님. 정말 그래요. 복된 병이죠." 보호자들의 동조하는 말에, 또 으쓱한 기분에 모든 감각이 무뎌졌던 것이다. 내가 무슨 일을 해도, 무슨 말을 해도, 아이고 선생님 고맙습니다 고맙습니다 하는 모습에 그야말로 취해 있었는지도 모른다.

한동안 그녀를 잊고 살았다. 지난 일이 갑자기 떠오른 그 날은 일 년 뒤, 기차 안에서였다. 아내는 친정에 가 있는 동안 진통을 느꼈다. 나는 아들이 태어나는 것을 보지 못했다. 산부인과가 있는 서울에 뒤늦게 도착해 아들의 얼굴을 처음 봤을 때는 감격 이상의 이상한 기분이 들었다. 처음 느껴 보는 감정이어서 설명하기 어려웠다. 별다른 말도 필요 없었다. 아내와 눈을 마주 보는 것만으로 미소 지어졌다. 내 머릿속에는 온통 어린 아들 생각이었다.

그런데 아내와 신생아를 뒤로하고, 출근하는 기차 안에서 문득 그녀가 생각났다.

'복되다'고 재단했던 그녀의 병. 그 환자는 잘 살고 있을까? 그 환자의 부모는 지금 괜찮은 삶을 누리고 있을까? 복된 병이라니. 내가 왜 그런 말을 했을까? 세상에 복된 병이 얼마나 될까? 듣는 부모의 마음은 어땠을까?

'내 자식이 앞으로 수십 년의 긴 세월을 멍청한 눈으로 살아야 할지도 모르는데, 수개월을 눈물로 지새웠는데, 내가 죽으면 이 녀석이 혼자 잘 살 수 있을지 너무 걱정되는데……. 거기에 대고 복된 병이라니!' 하지는 않았을까?

그들은 어찌 보면 내 말에 동의한 것이 아니라, 다가올 힘든 날들을 어떻게든 이겨 내려고 했던 게 아닐까. 만일 내 말이 옳다고 동의하지 않고서는 버틸 수가 없었다면……. 바뀌어 버린 일상, 주위의 동정 어린 눈빛, 당연하다고 생각했던 것들의 포기, 앞으로는 무기력하게 받아들이고 살아야 한다는 사실이 힘들었다면……. 그때는 그저 마음의 준비를 하고 있었던 것은 아닐까.

여러 생각으로 복잡한 내 곁으로, 누런 논두렁이 길게 스쳐 지나갔다. 나는 창밖을 보며 조용히 입술을 움직여 혼자 말했다.

"제가 주제넘었습니다. 다시 만나면 부끄러워 고개를 못 들 것 같네요. 미안합니다."

한 러시아인의 죽음

사람의 목숨은 하늘에 달렸다
목숨이라는 건 애초에 그렇게 생겨 먹었다

———

    니나 카나예바, 이런 느낌의 전형적인 러시아인의 이름이었다. 그녀는 34세의 젊고 아름다운 백인 여성이었고, 직업은 경찰이었다. '정말 인형처럼 예쁘고 멋진 언니.' 간호사들은 첫인상을 이렇게 기억했다.

    이 러시아인이 앓고 있는 병은 '미만성 거대 B세포 림프종'이었다. 부유하지만 더 나은 치료를 기대해 한국으로 건너오는 다른 많은 러시아인들처럼, 그녀도 젊은 나이의 암을 치료하기 위해 최선을 다해 보고 싶었을 것이다. 우리 병원에서 치료받은 기간은 총 육 개월이었다. 시작부터 끝까지 투병은 힘들었다. 하지만 병이라는 새로운 친구는 아름다움에 자비를 베풀 생각이 전혀 없었다.

　니나의 죽음을 선언한 사람은 나였다. 나는 당시 중환자실 야간 당직을 맡고 있었다. 병동에 있을 때 여러 번 니나의 주치의를 맡았기에 그녀의 보호자와도 잘 알고 지내던 사이였다. 의학적인 대화 외에도 이런저런 이야기를 구글 번역기로 나누고는 했었다.

　수차례의 항암 치료를 진행했으나 암의 크기는 줄어들다 말기를 지속했고, 백혈구 감소증 때문에 면역 저하로 인한 감염이 잦았다. 항생제 치료는 당연히 병행해야 했다. 잘 낫지 않는 감염 때문에 한 번 입원하면 퇴원할 줄을 몰랐다. 면역 저하 상태에서 감염이 생긴다면 곰팡이 같은 무시무시한 균이 오기도 한다. 그래서 항진균제도 썼다. 이 곰팡이 약은 몸을 정말 피폐하게 만든다. 셀 수 없는 합병증들이 생겨났다. 또 많은 다른 암 환자들처럼 혈전이 잘 생기는 경향도 있었다. 그래서 폐색전증이 생겼다. 숨 쉬기도 힘들어했다. 암은 뇌로도 전이했다. 가끔씩 그리고 긴 시간 간질 발작(경련)도 했다.

　병원비는 기하급수적으로 쌓여 갔다. 보호자는 딸이 호

전되지 않고 입원만 하고 있는 상황에 지쳐 예민해졌다. 니나도 힘들어했다. 더 이상 주사 놓을 자리가 없을 정도로 니나의 팔에는 상처가 가득했다. 그녀는 처음 입원할 때의 미모는 완전히 잃은 상태로, 멍한 눈으로 병실 벽을 바라보기만 했다.

급기야 급성 종양 용해 증후군이 찾아왔다. 이는 치료 중 합병증의 하나인데 암세포가 죽으면서 혈류 내에 일부가 녹아드는 것이다. 이때부터 그녀의 상태는 급속히 나빠지기 시작했다. 피는 산성화되었고, 나쁜 연료를 먹고사는 모든 장기들은 스트레스를 받아 서서히 망가졌다. 이제 마지막이 오기 시작했다.

그의 아버지는 원체 말이 없는 남자였다. 190센티미터쯤 되는 큰 덩치에 과묵하기까지 했으니 모든 이에게 위압감을 줬다. 그가 한 번 의료진에게 짜증을 낼 때면, 솔직히 말하면 무서워서 가까이 가기가 싫었다. 러시아인은 통이 크다더니 정말 그랬다. 회진 때마다 선물로 초콜릿 에너지바를 주곤 했는데, 한 번에 삼사십 개씩 움큼으로 줘서 놀랐던 기억이 있다.

모든 보호자가 그렇듯 흐르는 시간의 고문은, 결국에는 이 강한 남자도 딸의 죽음을 받아들이게 했다. 그는 누구보다도 딸을 사랑했다. 아픔의 크기는 가늠할 수 없을 정도였을 것이다. 하지만 내가 기억하는 한, 그는 딸이 살았을 때도 죽었을 때도 단 한 번도 울지 않았다. 그는 한결같이 굳건한 아버지로 남고 싶어 했다. 불곰 같은 이 남자가 마지막 순간, 내게 요구한 것은 단 하나였다.

"어떻게든, 내 딸을 러시아로 보내 주시오."

딸은 마지막으로 러시아의 풍경이 보고 싶다고 했다. 그 풍경이 비록 공항의 활주로일지라도. 그는 사랑하는 딸을 낫게 하는 데에는 실패했다. 딸은 좌절하던 그에게 새로운 숙제를 던졌다. 그는 마지막 과제물을 받고 불타올랐다. 아버지로서 반드시 수행해야 할 임무였다.

'러시아 전원이라니. 그것도 이런 중한 상태에서!'

난감하다. 난감하다 하지 않을 수 없다. 오늘 아니면 내일, 그것도 아니라면 모레 죽을 상태였다.

그런데 주치의는 환자의 마지막 소원에 동의했다. 이제 나를 포함한 레지던트들은, 그 가느다란 목숨을 어떻게든 러시아에 갈 때까지 살려 놔야 했다.

우리 의료진이 생명 연장에 힘쓰는 동안, 국제 진료팀도 발 빠르게 움직였다. 비행기표 구매와 중환자 이송에 수반하는 많은 문제들은 낮 동안 모두 해결됐다. 바로 내일 러시아로 가는 비행기가 잡혔다.

같이 이송 가는 의료진은 내 레지던트 외국 동기인 의국장으로 결정됐다. 간호사 하나 없이 홀로 블라디보스토크까지 환자를 모실 막중한 임무를 띤 그에게, 동기들은 심심한 위로를 보냈다. 이렇게 '러시아 전원'은 현실이 되었다. 내일 아침 비행기. 그리고 나는 오늘 밤 당직의사였다.

사람의 목숨은 하늘에 달렸다. 목숨이라는 건 애초에 그렇게 생겨 먹었다. 사람이 사람을 살린다는 말은 반만 맞는 말이다. 사람은 할 수 있는 일을 할 뿐이다. 그리고 나머지를 하늘에 맡긴다. 이 명제를 부정한다면 그는 자기가 신이라 착각하는, 오만하기 짝이 없는 자가 틀림없다.

그럼에도 나는 이 환자를 살리고 싶었다. 정확히 말하자면 오늘 밤만은 살리고 싶었다. 내게는 뼈아픈 비슷한 경험이 있었기 때문이다.

그 사람도 러시아인이었다. 원래 그런지, 아파서 그랬는지 정말 하얀 피부를 가졌더랬다. 사십 대의 젊은 나이에 난소암 말기. 포기하지 못하는 남편. 니나와 너무 비슷한 신파극 같은 이야기인가? 적어도 거짓은 아니다.

그때도 나는 중환자실 당직이었다. 새벽, 아래 기수인 병동 당직에게 전화가 왔다. 좋아질 가망이 없는 말기 암 환자라고 했다. 그런데 심폐소생술을 하고 있다고 했다. 중환자실로 내려온단다.

"아니, 가망 없는 말기 암 환자한테 심폐소생술을 하고 있다고요? 그게 무슨 말도 안 되는……."

심폐소생술은 엄청난 외력으로 심장을 직접 주무르고, 복장뼈를 부러뜨리고, 목구멍을 통해 폐까지 관을 박아 넣는 공격적인 술기다. 말기 암 환자에게 그런 고통을 가하는 데에는 그럴 만한 이유가 있어야 한다.

그런데 그런 이유가 있었다. 포기 못 하는 남편이었다.

나는 병동으로 올라갔다. 다들 자는 고요한 새벽, 병동 처치실은 난장판이었다. 인턴 둘이 돌아가며 심장 압박을 하고 있고, 남편은 살아나지 않는 아내 곁에서 통하지도 않는 말로 소리를 질러 대고 있었다. (통역에 따르면 더 열심히 계속

해 달라는 주문이었다.) 압박 시간은 벌써 삼십 분이 넘었고, 에피네프린, 비본, 수액 로딩 등 할 처치는 다했다.

남편은 분노에 찬 얼굴을 하고 있었다. 운명을 받아들이기에 그에게 주어진 시간은 너무 짧았다. 죽을 것을 안다 하더라도 마음으로 받아들이기 어려웠을 것이다. 평생의 반려자라 여겼는데, 젊은 날 자기를 이렇게 허무하게 떠날 줄은 몰랐을 터였다.

"사망하셨습니다."

통역자는 내 말을 전했다. 남편은 큰 충격을 받은 듯했다. 그는 고개를 절레절레 저으며 러시아어로 중얼거리면서 자리에 주저앉았다. 통역자는 방금 "꼭 집에 보내 주고 싶었는데……."라고 했다고 내게 알려 줬다. 그게 무슨 소리냐 했더니 환자가 며칠 뒤 러시아 전원을 앞두고 있다고 했다. 니나처럼 그녀도 고향의 마지막 풍경을 보고 싶어 했다. 보호자는 반드시 그 업을 이루어 주겠다는 강한 목표의식을 갖고 있었던 것이다.

이때 러시아인의 강한 목표의식을 경험했던 터라, 니나에 대한 내 의지 역시 강할 수밖에 없었다.

니나는 원래 정적인 성격의 환자였다. 그런데 오늘은 달랐다. 저녁이 되자 동물적인 반응을 보였다. 괴성을 지르고 몸을 뒤흔들고 협조가 되지 않았다. 보호자가 봤으면 놀라든 슬퍼하든 큰 충격을 받을 법한 모습이었다. 그나마 보호자 출입이 제한되는 중환자실이라 다행이라는 생각이 들었다. 한편 이런 평소와 다른 모습이 느낌이 영 좋지를 않았다. 오늘 밤을 버티고 내일까지 살려 낼 자신이 없었다.

"최선을 다해 보겠습니다. 하지만 느낌이 좋지 않습니다. 오늘을 못 넘길 수도 있을 듯합니다."

니나의 어머니는 울음을 터뜨렸다. 아버지는 입을 굳게 닫고 자기 아내를 다독였다. 그들이 얼마나 오늘 하루를 원하는지 잘 알기에, 그리고 오래 알고 지낸 내가 얼마나 잘 아는지 그들이 알기에, 오늘 밤은 우리 모두에게 비장한 시간이 될 수밖에 없었다.

나는 실패하고 있었다. 내가 해낼 수 있는 일이 아님은 잘 알았다. 하지만 싸움에서 지고 있어 속이 쓰렸다. 밤새 이리저리 써 봤던 약은 미비한 성과만을 이루고 있었다.

니나의 동물적인 반응은 이제 사라졌다. 내 생각이 맞았다. 아까 저녁의 거센 움직임은 마지막 몸짓이었다. 이제 혈압은 떨어지고 혈액의 산성화는 극도로 심해졌다. 정신은 완전히 잃었다. 나는 패배를 인정해야 했다. 그리고 보호자에게 도의상의 전화를 걸었다.

보호자들은 어디 가지도 않고 밤새 중환자실 입구 바로 앞에 있었다. 아버지는 들어오면서 딸보다도 나를 먼저 찾았다. 그리고 내 어깨에 두터운 손을 얹고 탁탁 두들겼다. 수고했다는 뜻이다. 고마웠다. 나는 그의 눈을 보면서 말없이 고개를 끄덕였다.

니나의 어머니는 딸의 몸에 고개를 묻고 흐느꼈다. 아버지는 곁에 서서 딸의 얼굴을 보며 길게 무언가 중얼거렸다.

"Мне так жаль. Мне так жаль. Я пытался отвезти тебя домой……."

"미안해. 정말 미안해. 이제 널 집으로 데려다주려고 해."

가망 없는 환자가 죽었다면, 그런 이를 위해 최선을 다했다면, 의사로서 유감일지언정 미안하지는 않다. 그러나 그날 나는 니나와 그의 부모에게 미안한 마음이 들었다. 나는 니나의 아버지를 옆에서 안고 영어로 말했다.

"I am so sorry."

나는 영어의 sorry가, 미안함과 유감의 뜻을 같이 담은 단어여서 다행이라는 생각이 들었다.

아이가 다쳤다

아들의 모습은 처참했다
아버지는 그의 옆에서 시간을 견디고 있었다

───

나는 종합격투기 스포츠의 열렬한 팬이다. 십여 년 전 종합격투기 열풍이 불기도 전부터 열심히 경기를 시청했고, 남들이 토크쇼나 드라마를 볼 때 혼자 격투기 리얼리티 쇼를 볼 정도로 정말 좋아하는 편이다. 고대 중국 무술부터 현대 MMA까지 책도 많이 읽어 지식도 많다. 아마도 이런 성향은 어릴 때부터 '남자는 남자다워야 한다'는 관념을 주입받은 탓일 텐데, 불행히도 정작 나의 몸은 격투인들의 몸과는 아주 거리가 멀다. 운동에 나름 시간을 투자했지만 재능은 따라오지 않았다. 그래서 지금은 내가 뛰기보다는 남이 뛰고 때리는 걸 티브이에서 보고 만족하는 정도의 취미에서 머무르고 있다.

나와 친한 사람들은 대부분 내 이런 취향을 잘 알고 있다. 단순히 취향 때문에 모르는 사람과 친해지기도 했다. 그들 중 하나는 딱히 운동을 열심히 하지도 않으면서 보는 것만 좋아하는 나를 신기하게 여겼다. 내가 격투기를 너무 좋아하니까 친한 동생은 내게 이렇게 묻기도 했다. "형 아들이 세계적인 격투 선수가 된다고, 자기 운동시켜 달라고 하면 뭐라고 할 거예요?" 나는 별로 생각하지도 않고 "그건 좀 인정하기 어려운데."라고 대답했다. 이 친구로서는 기대 밖의 답이었을 것이다.

하지만 모든 부모가 그렇지 않을까? 자기 자식이 다친 모습을 보기 좋아하는 부모는 없다. 견딜 만한 상처고 성장의 밑거름이 된다면 모르겠지만, 그래도 웬만해선 안 맞았으면 한다. 맞아야만 먹고살 수 있다면 부모 마음이 좋을 리가 없다. 자녀가 다치면 부모는 차라리 그 자리에 자기가 있었으면 한다. 그게 부모의 마음이다. "내 아들이 맞는 모습을 눈 뜨고 보기 쉽지 않을 것 같은데."라고 나는 동생에게 대답했다.

병원에는 상처받은 사람투성이다. 그중 가장 마음 아파 보이는 이는 단연코 다친 자식을 데리고 오는 사람들이다. 자식이 어리면 더 그렇겠지만 다 큰 자식을 데리고 오는 이들도 충분히 슬퍼하고 있다. 그들은 노년의 자신에게 왜 이런 큰 시련이 닥쳤는지 잘 받아들이지 못한다.

부모는 자식이 병들었을 때 힘들어하지만, 다친 경우 정신적 충격이 더 크지 않을까 한다. 모든 병은 나타나는 데 어느 정도 시간이 걸리고 진단을 기다리는 동안 마음의 준비를 할 시간이 있다. 하지만 외상은 다르다. 모든 상해는 갑작스럽게 나타나고, 최선의 선택을 부모가 보장하지 못하고, 한 번 생겼다 하면 치명적일 가능성이 있다. 외상으로 인한 죽음은 전 세계와 모든 역사를 통틀어 매우 흔하게 일어나는 일이다. 그 누구도 피해 가기 어렵지만, 본인에게 생겼다면 갑작스러운 일이 아닐 수 없다.

응급실에서 일하다 보면 아이가 갑작스러운 상해를 당해 정신없는 부모를 많이 만나게 된다. 주로 어린아이들의 낙상 사고다. 엄마는 아이를 둘러업고 헐레벌떡 응급실 안으로 뛰어 들어온다. 아이가 소파에서 뛰다가 떨어져 바닥에 머리를 부딪혔고 잘 놀지도 않고 이상하다는 것이다. 이들은 자식에 대한 걱정과 죄책감으로 터져 나갈 듯한 감정에 몸이 받쳐 주질 못해 고통받고 있다. 대부분의 경우 큰일은 없지만 확신할 수는 없기에 '아무 일 안 생길 거다' 하고 안심을 주기는 어렵다. 다만 의사 입장에서 뇌 CT 같은 영상 검사를 권하는데, 또 부작용을 설명하는 의무가 있기에 설명하다 보면, '고농도 엑스레이 조사에 백혈병 등의 위험도가 있고……'쯤에서 엄마들은 울음을 터뜨린다. 자식의 외상은 이 정도로 부모에게 큰 정신적 스트레스다.

이미 크게 다친 자식이 있는 사람이라면 그는 평생을 고통받을 것이다. 떠올리면 강한 기억이 있다. 어느 육십 대 아버지였다. 그는 걸핏하면 화를 냈고, 직업은 택시기사였다. 나는 그의 아들의 드레싱 때문에 하루 삼십 분씩 싫어도 얼굴을 봐야 했다. 아들은 교통사고로 벌써 일 년째 누워 지내고 있었다. 가해자 역시 택시기사였다. 다른 환자 간병인들의 말에 따르면 그는 하루에도 여러 번 그 택시기사의 부주의한 운전을 욕한다고 했다. 화내는 걸 보면 그 역시 길에서 그럴 것 같았지만, 상처받은 아버지 앞에서 누가 그리 말할 수 있겠는가?

병원에서 보호자들의 요구를 다 들어주기는 어렵다. 나는 보호자에게 잘 휘둘리는 편은 아니라서 경중을 잘 판단해 들어주는 편이다. 하지만 그의 경우 아무리 시답잖은 요구를 해도 한 번도 무시하거나 허투루 여긴 적이 없다. 그에게 그 정도는 해 줘야 할 것 같았다. 드레싱을 하는 동심원 방향이나, 거즈를 붙이는 각도 같이 별것 아닌 걸로 트집을 잡을 때는 나도 발끈했지만, 한 번 더 참아 그를 노엽게 하지 않았다. 옆 침대의 다른 보호자가 그의 예전 모습을 알려 줬기 때문이다.

"저 양반, 원래 안 저랬어. 우리 교회 사람이거든요. 조용하고 착하고 그랬지. 화내고 그러지 않았는데, 아들 저렇게 되고 사람이 변한 거야."

아들의 모습은 처참했다. 환자는 식물인간으로 입을 헤벌리고 목에 뚫린 구멍으로 기계에 의존해 숨을 쉬고 있었다. 밥은 배에 뚫린 구멍으로, 약은 팔에 파고든 관으로 받고, 소변은 성기에 쑤셔 넣은 관으로 빼내고 있었다. 아버지는 하루도 빠지지 않고 그곳을 지키며 아들의 이를 닦고, 눈곱을 떼고, 몸을 닦고, 기저귀에 똥을 받았다. 점심에는 책을 읽어 주고, 일요일에는 병원 교회 강단 바로 밑에 아들

바퀴 침대를 끌어다 놓고 설교를 들었다.

그렇게 몇 달이 지났다. 다른 환자를 보러 병실에 들어갔다가 우연히 그 환자를 보게 되었다. 환자의 아버지는 여전히 그 자리에서, 아무 말이 없는 아들의 몸을 닦고 있었다. 그는 아마도 아들이 다친 처음 순간부터 같은 모습이었을 것이다.

인생에서 열정이란 그리 열광할 만한 것이 못 된다. 시간을 견디는 인내야말로 한 인간을 칭찬하기 마땅한 성품이다. 긴 시간 동안 매일같이, 벌이도 없이 한곳에서, 성과 없는 지겨운 수발을 드는 그가 대단하다는 생각이 들었다. 나는 그의 모습에서 이전에 느끼지 못한 큰 감동을 받았다.

나는 그의 공간으로 비집고 들어가 오랜만의 인사를 건넸다. 자기를 기억해 주는 어린 의사를 그 역시 반갑게 맞아 주었다. 우리는 과일 음료를 하나씩 들고 이야기를 나눴다. 이제는 좀 더 깊거나 사적인 이야기를 나눌 수 있었다. 그는 불행의 흔적인 움푹 파인 아들의 머리를 쓰다듬으며, 긴 이야기의 끝을 이렇게 맺었다.

"선생 말처럼 난 그렇게 대단하지 않아요. 내가 원하는 건, 한 번이라도 저 녀석과 눈을 마주치는 것뿐입니다."

2019년 4월 20일, 진주의 한 아파트에서 방화 살인 사건으로 다섯의 사망자가 발생했다. 그중 둘은 열두 살, 열여덟 살의 어린 여성이었다. 나는 유족 인터뷰에서 한 아버지를 보았다. 그는 어린 딸의 죽음을 똑바로 바라보지 못하고 고개를 숙이고 있었다. 어떤 미친 사람이 집에 불을 지르고 흉기를 휘둘러 딸과 어머니를 죽였다. 그리고 자기 손으로 딸을 수습해야 한다고 했다.

슬프고 화가 난다. 모두가 그럴 것이다. 타인도 이런데, 실제로 딸을 잃은 아버지의 심정은 어떨까? 그 어떤 말로 표현할 수나 있을까? 사람의 몸으로 태어나 육체 안에 차마 한 글자 새기기도 어려울, 극한의 감정이 분명하다. 어쩌면 언어는 영혼을 표현할 수 있는 유일하지만, 가장 질 낮은 도구다. 나는 이럴 때 글 쓰는 사람 정도밖에 안 되는 것이 한탄스럽다.

아까운 생을 맺어야 했던 아이들을 포함해, 모든 돌아가신 분들의 명복을 빈다.

가난한 사람의 입원

의료 윤리를 지키고 살아야 하는
의사에게도 갈등의 순간은 있다

———

    환자가 당한 갑작스러운 사건, 다른 말로 급성 악화는 내가 해결해야 할 일이다. 치료는 내 직업의 궁극적인 목표다. 누군가를 병에서 구했다면 그는 내 환자다. 나는 의사 면허를 걸고 이들의 문제를 찾아낸다. 의사 직업의 성격으로 흔히들 환자가 나았을 때 보람을 말하는데, 보람은 나중에나 느끼게 된다. 그보다 어깨에 큰 짐을 졌다는 마음가짐으로 일한다.

    일단 입원하면 나는 매일 내 환자를 생각한다. 이것은 사실이다. 집에 가도 입원 환자 생각이 난다. 잘 때도 떠오르고, 주말에 쓰레기 버리면서도 생각한다. 입원 환자가 적은 채로 주말을 맞으면 그렇게 신이 날 수가 없다. 받은 숙제가 적기 때문이다.

입원 환자는 나 같은 전공의가 하루 종일 돌본다. 하루 종일 발생하는 모든 사건들을 면밀히 관찰해야 할 의무가 주어지기에, 자기 능력 밖의 너무 많은 환자가 입원해선 안 된다. 환자와 의사 모두에게 안 좋은 일이다. 그런 의미에서 내 가족처럼 돌본다는 것은 거짓말이다. 환자들에게는 그들의 가족이 있다. 나는 가족이 아닌 주치의로서, 의학적으로 최대한 할 수 있는 것을 한다. 돌볼 수 있는 사람에게 최선을 다하고, 입원이 불필요한 사람의 입원은 최대한 막으며, 도움이 필요한 모든 사람에게 집중한다. 이것이 의료 윤리의 5원칙 중 '정의의 원칙'이다. 의사에게 한정된 의료 자원을 잘 배분할 의무가 있다는 원칙이다.

입원이 불필요한 사람이 너무 많다. 나는 이런 이들의 입원을 세금 도둑질로 보고 경멸한다. 가벼운 단순 접촉 사고로 하나도 안 아픈 젊은 남자, 단순히 기력이 없는 정도지만 손은 많이 가는 늙은 아버지, 철없는 남편 밥해 주기 싫은 할머니, 추운 집이 싫은 술꾼……. 보통은 경제적으로 어려운 이들이 많다. 무너져 가는 싸늘한 집보다는 밥 주고 돌봐 주고 따뜻한 병원에 있고 싶은 것이다. 물론 누군가가 낸 세금으로 말이다.

나는 이런 이들을 특히 매몰차게 대한다. 결코 쉽지는 않다. 가난하고 약한 사람은 언제나 나를 심란하게 하기 때문이다. 한편 나의 이런 마음이 역겨운 것일 수도 있다. 정작 그 사람은 행복하게 잘 살고 있는데, 물질적 잣대를 들이대 '가난한 사람'으로 멋대로 정의하고 불쌍하게 여긴다면, 나는 오만한 사람이다. 그래도 내 입장에서, 입원을 애원하는 이들을 보고 딱한 마음이 잘 든다. 그래서 거절하는 데는 언제나 용기가 필요하다.

대부분의 경우는 성공한다. 당신은 입원이 불필요하다고 딱 잘라 말한다. 입원시켜 달라고 화를 내고 떼를 써도 안 된다고 한다. 나는 누군가의 세금이 헛되이 쓰이는 게 싫다. 병원의 도움이 진짜 필요한 사람에게 간접적인 해가 가해지는 것도 싫다. 어떤 동료는 "그냥 입원장 드려. 그렇게 하는 게 갈등도 없고 마음 편해."라고도 했지만, 그렇게 하고 싶지는 않다.

응급실에 그런 사람이 왔다. 78세 할머니였다. 기력이 없어서 왔다고 했다. 초진을 본 응급의학과 의사에 따르면 피검사, 엑스레이 검사 모두 좋고 생체 징후도 좋다고 했다. 그럼에도 귀가시키지 않고 내과에 연락을 한 이유는 입원을 원해서였다. 나는 과연 입원할 만한 사람인지 살펴보았다. 몸무게 35킬로그램의 할머니가 침대 위에 누워 있었다. 혀는 종잇장처럼 말라 있었고 잘 못 먹었는지 전신에 지방이라곤 찾아볼 수가 없었다. 탈수가 심했지만 갑자기 온 것은 아니었다. 오랜 시간 못 먹어서 천천히 온 변화였다. 할머니는 몇 시간 대기하면서 피로한지 자고 있어 말을 걸 수 없었다. 처음 응급의학과에서 작성해 둔 기록을 보니 몇 개월 정도 잘 못 먹었다고 했다.

그래, 그냥 노화다. 나이 먹었으니 기력이 쇠하고, 이제 천천히 죽음으로 다가가고 있는 것 정도이다. 입원해도 딱히 해 드릴 건 없다. 수액을 드려도 퇴원 후 이런 악순환은 계속될 거고, 현재 보이는 급성 증세도 없다. 열도 없고 혈압, 맥박 모두 정상이다. 종합 병원은 급성기 환자를 치료하는 곳이다. 할머니가 갈 곳은 여기보다는 요양 병원이었다. 나는 퇴원을 권유해야겠다고 생각했다.

"아무개 할머니 보호자 분."

나는 목소리가 큰 편이다. 내가 한 번 불러서 잘 못 듣는 사람은 거의 없다. 그런데 대기실이 울리도록 큰 목소리에도 아무도 반응이 없었다.

"아무개 할머니 보호자 분."

두 번째 불렀을 때 누군가 내 앞에서 천천히 일어나는 게 보였다. 환자의 남편이었다. 그는 첫 번째 보호자 호출을 진작에 들었지만, 거동이 불편해 반응이 느린 사람이었다. 잿빛의 흙을 뒤집어쓴 낡은 야구 모자에, 셔츠와 나일론 바지 전체가 오래된 먼지로 덮인, 그야말로 누더기를 걸친 노인이었다. 눈에 보이는 강한 가난의 증거는 나를 숙연하게 만들었다. 생각해 보니 평소 "나는 가난하오. 나를 입원시켜 주시오." 하고 애원하는 사람들에게 연민의 감정이 들어도 단호하게 퇴원시킬 수 있었던 이유는, 똑같은 환의 아래 평등해 보였기 때문이었을지도 모르는 일이었다. 지금 이 환자를 집에 보낸다는 의미는, 눈앞의 저 보호자, 그러니까 지금 간신히 낡고 약한 육체로 가난을 지탱하는 저 남자에게 "당신이 좀 더 고생해도 괜찮을 것 같습니다."라고 말하는 것이다.

나는 환자를 입원시키고 싶어졌다. 보호자를 돕고 싶었기 때문이다. 그러나 곧 환자가 아닌 보호자를 보고 입원을 시키고 싶은 마음이 드는 나 자신이 혐오스러워지기도 했다. 나는 정의의 원칙을 지키고 살아야 하는 의료인이다. 나는 지금, 인간적인 마음마저도 뒤로하고 모든 자원을 정의롭게 배분해야 할 임상 현실의 파수꾼의 역할을 마다하고 있는지도 모른다. 갈등하는 내게 노인이 먼저 말했다.

"저는 아무개의 남편입니다. 제가 보호자입니다."

하지만 그는 보호자의 격을 갖추지는 못한 사람이었다. 오히려 그에게 보호자가 필요해 보였다. 내 안에 약간의 괴로움이 피어올랐다. 이 약한 사람이, 그래도 가족은 내가 지킨다고 말하는 모습을 보고 있기 괴로웠다.

"할머니가 많이 힘드신 것 같아요."

"네, 그렇지요?"

"그런데 피 검사나 이런 게 그렇게 나쁘지는 않아요."

"그런가요. 퇴원하라면 하겠습니다."

"아니에요, 보호자 분. 입원이 필요합니다."

내가 먼저 입원장을 드렸다. 그리고 병동 주치의에게 인계할 때는, 비싼 비급여 치료는 웬만해선 하지 말라고 신신

당부했다.

동정의 마음은 이렇게도 골치 아픈 것이다. 그를 딱히 여기면서도 연민의 마음이 얄량한 것은 아니었나 고민하게 되고, 도와주면서도 마음을 상하게 한 건 아닐까 마음 졸여야하고, 손에 쥐어 드릴 게 있을 때는 적당한 것이었나를 걱정하게 되고, 뒷모습을 보면서는 괜히 도왔나 하는 마음도 가끔씩 느껴가면서, 자기 혐오감을 안는 경험을 해야 한다.

가난한 사람은 나를 이렇게 심란하게 한다.

버려진 아이의 전이

화내고 방어적인 보호자를 마주할 때면
정말이지 난감하다

―――

〈정신분석학〉 전이(transference):

일종의 투사(projection)로 자신이 과거에 중요하게 생각했던
사람에게 느낀 감정이 치료자(의사)에게 옮겨진 것을 말한다.

보호자는 나보다도 어려 보이는 젊은 여자였다. 오늘 처
음 봤는데 무엇 때문인지 화가 잔뜩 나 있었다. 양팔을 교차
해 단단히 겨드랑이 안쪽에 고정하고 입꼬리는 단단히 힘
주어 아래로 내리고 있었다. 환자의 상태가 나빠진다고 수
소문 끝에 찾은 보호자였다. 설명은 해야겠는데 이렇게 방
어적이면 어디서부터 시작해야 할지 난감하다. 내가 우물

거리고 잠시 침묵이 흐르자 병실 복도에서 보호자가 먼저 차갑게 한마디를 던졌다.

"듣고 있어요."

아니, 환자가 이렇게 안 좋은데 연락도 안 되고 일주일 만에 나타났으면서, 왜 이렇게 공격적이야. 그동안 우리가 얼마나 힘들었는데.

"환자 분 상태에 대해서는 어느 정도 알고 계시는지요?"

"그건 그쪽이 말해 줘야지요. 내가 그걸 어떻게 알아요?"

"말기 췌장암입니다. 상태는 좋지 않아요."

"암? 말기 암이라고요? 아빠가 그럴 리 없어요. 몇 달 전만 해도 별말 없었다고요!"

"실제 병원에 오실 때도 생활에는 문제가 없었어요. 배가 아파서 오셨죠. 와서 영상 촬영을 해 보니 여러 군데 전이가 있습니다."

"하……. 그래서 얼마나 더 사는데요?"

"송구하지만, 길어야 몇 개월일 것 같습니다."

여자는 눈물을 글썽이더니 뒤로 휙 돌았다. 그리고 또각또각 구두 소리를 내며 자기 아버지에게로 걸어가 엎드려 펑펑 울기 시작했다. 암 진단을 받은 환자의 보호자에게서 일반적인 반응은 아니다. 나중에 울지언정 일단은 의사 말을 듣고 본다. 처음부터 격한 감정 반응을 하는 경우도 많지는 않다. 보통은 '그 말'을 듣기 전에 마음의 준비를 하고 있기에 눈물을 참거나, 무방비인 이들은 갑작스런 소식에 얼떨떨해 감정적인 반응이 적다. 나는 그 자리를 떠나 다시 얘기를 시도할 수밖에 없었다. 저기 울고 있는 여자의 세계 안에는 환자와 그녀뿐이었다. 적어도 지금은 의사가 비집고 들어갈 곳은 없었다.

호흡이 가빠지는 모양새가 영 좋지 않은 걸 보면 암이 문제가 아니었다. 며칠 전부터 안 좋았는데 더 나빠지기 시작했다. 이대로 가다가는 기도 삽관을 해야 했다. 지금 중환자실로 내리고 기회를 봐서 기도 삽관을 진행하면 될 일이었지만 이 환자에게는 여러 문제가 있었다. 일단 말기 암이어서 기도 삽관을 한 채로 돌아가실 수도 있다는 점, 즉 완치를 노려 보지도 못하는데 힘든 치료를 강행하는 것일 수도 있다. 둘째는 이 모든 치료를 진행하는 데 알릴 보호자가 없다는 것이었다. 존엄한 죽음을 위해 기도 삽관을 하지 않는 것도 환자를 위해 괜찮은 선택이라고 생각한다. 그러나 그

것은 어디까지나 사견일 뿐 보호자의 동의 없이 의사 마음대로 그렇게 할 수는 없었다. 환자가 '넘어가면' 의사는 살려 내야 한다.

"그래서 할 말 다 했나요?"

그녀가 울고 나왔다. 눈은 부었지만 또 새침한 표정이다. 나는 밖에서 다른 급한 일을 하며 그녀를 기다리고 있었다. 환자의 상태를 추가적으로 정확히 설명하고, 보호자의 동의를 구할 필요가 있었기 때문이다.

"CT를 찍어 봤으면 좋겠습니다. 숨 쉬는 게 영 모양새가 좋지 않습니다."

"CT는 예전에 찍었다고 하지 않았나요?"

"예전에 촬영한 것은 복부입니다. 지금 찍으려는 부위는 가슴이고요."

"CT 많이 찍으면 몸에 해로운 방사선이 많이 나오지 않나요?"

"그렇기는 합니다만, 지금은 문제를 알아볼 필요가 있습니다."

"예전에 찍을 때 같이 찍지 그랬어요? 왜 한 번에 안 찍었죠? 두 번 돈 내라고 하려고?"

"그럴 리가요. 입원 당시에는 호흡 곤란이 없었습니다.
암인지도 몰랐고요."

"찍든지 말든지 알아서 하세요."

"그렇게 말씀하시면 진행 못 합니다. 이제부터 동의서 설
명 드릴 겁니다. 조영제도 쓸 거고 생길 수 있는 부작용에
대해 잘 알고 계셔야죠. 그리고 의학적 조언을 드리자면 찍
는 게 낫습니다."

"그것 봐. 어차피 싫다고 해도 찍을 거였잖아요, 당신네
들!"

병원에서 일하며 무례한 사람들을 많이 봤지만, 이 보호
자는 정말 막무가내였다. '자기 아버지 도와주는 사람한테
이러고 싶을까?' 하는 생각이 들었지만, 맞받아쳤다가 진행
만 늦어질 듯해 나는 올라오는 화를 참았다. 이 보호자의 행
동은 환자를 돕기는커녕 방해하는 것이었다. 보통 순식간
에 흔쾌히 진행될 일들이 몇 십 분을 훌쩍 넘겼다. 그렇게
설명을 넘어 해명까지 한 후에야 환자는 CT 촬영을 할 수
있었다. 늦지 않게 촬영할 수 있어 다행이었다.

나는 CT를 찍자마자 바로 결과를 확인했다. 탄식할 만한

결과가 떠 있었다. 지금껏 본 중 가장 큰 혈전이 폐동맥을 막고 있었다. 암 환자는 혈전이 잘 생기는 경향이 있다. 숨 쉬는 모양새가 나빴던 이유가 여기 있었다. 나는 보호자에게 바로 다시 연락을 했지만 통화가 잘 닿지 않았다. 그렇게 하루 종일이었다. 치료 시작이 필요함을 알리기 위해 전화한 것이었지만 더는 기다릴 수 없었다. 나는 공지 없이 치료를 시작하기로 결정했다.

며칠 후, 나는 보호자가 병동에 왔다는 말을 듣고 그를 찾았다. 치료를 시작했음을 알려야 했기 때문이다. 보호자는 나를 보자마자 또 쏘아붙이기 시작했다.

"왜 이렇게 피를 많이 뽑는 건가요? 거의 매일 뽑는다던데요?"

"하루 네 번, 그렇게 매일입니다. 심각한 폐색전증이기 때문입니다. 헤파린(혈액 응고 저지제) 주사제를 써야 하고 적정 혈중 농도를 알려면 자주 피 검사를 해야 합니다."

"뭐라고요? 그런 심각한 사실을 왜 제게 미리 알리지 않았죠?"

"알리려고 전화 많이 드렸습니다. 그런데 영 받지를 않으시더라고요. 결국 알려 드리지 못하고 치료를 시작할 수밖에 없었어요."

"제가 좀 바빴어요. 더 열심히 연락했어야죠!"

보호자는 매서운 눈을 하고 내게 버럭 소리를 질렀다. 병실 안 다른 환자들이 고성에 놀라 이쪽을 쳐다봤다. 나는 황당하기도 하고 민망한 마음에 그 자리를 떴다. 내가 병실을 나가자 보호자는 환자 밑에 엎드려 소리를 내며 울었다. 같이 있던 담당 간호사는 그 모습을 보고 고개를 절레절레 저으며 한숨을 내쉬었다.

환자가 죽었다.

나는 환자를 살리기 위해 가슴뼈에 외력을 가하고, 강한 주사제를 투약하며 억지로 숨길을 트려 했다. 하지만 환자는 가망 없는 말기 암 환자였다. 애초에 생의 마지막 기로에 서 있는 그에게 기대할 회복이 아니었다. 보통의 경우라면 가족들은 존엄한 죽음을 원한다. 이 환자에게 행했던 공격적인 술기들은 말기 환자에게 흔히 하는 치료가 아니다. 통증 조절이나 진정제. 이 정도면 마지막을 가족과 보내는 데 충분하다. 우리나라에서는 '연명 의료 결정법'으로 무의미

한 치료를 거부할 수 있는 시스템이 법제화되어 있다.

그럼에도 이 환자의 마지막이 이리도 처참했던 이유는, 보호자가 의사표현 자체를 거부했기 때문이었다. 나는 보호자의 그 어떤 의사도 듣지 못했다. 심지어 연락조차 닿지 않았다. 마지막 직전의 순간, 수없이 걸었던 전화에도 보호자는 응답하지 않았다. 결국 나는 환자의 딸 대신 다른 보호자에게 전화를 걸었다. 동의의 법적 효력이 없는 전처의 조카였지만, 어찌 됐든 환자가 나빠진다는 사실을 누군가에게는 알려야 할 것 같아서였다.

전화 너머로 들리는 보호자의 목소리는 환자의 딸과는 크게 달랐다. 공격적이지 않고 오히려 부드러운 어투였다. 그녀는 환자의 상태를 잘 이해했다고 말했다. 그리고 전화는 잘 받을 것이라며, 환자의 딸에게 사건의 위중함을 잘 전달해 주겠다고 했다.

그녀는 환자 딸의 무례함에 대한 사과의 말도 대신 건넸다. 그리고 원래 정서적으로 불안하니 이해해 달라고 부탁도 했다. 젊은 시절 환자가 부인과 딸을 버리고 밖으로 나돌았고, 딸은 어릴 때 매일 문밖에서 아빠가 오기를 기다렸다고 했다. 그렇게 딸은 아빠를 그리워했지만, 머리가 크고 나서 아빠가 오지 않는다는 사실을 깨닫고, 미워하기 시작했다. 나는 그제야 딸의 행동이 이해가 갔다. 강한 애증이었던 것이다.

어쨌든 환자가 위중했으므로 길게 이야기를 나눌 수는 없었다. 나는 보호자에게 이만 전화를 끊겠다고 말했다. 그러자 보호자는 통화 끄트머리에 의미심장한 말을 남겼다.

"그나저나, 걔 말대로 역시 선생님이 그 느낌이 있네요."

"무슨 말씀이신지⋯⋯."

"자기 아버지랑 말투가 비슷하대요. 생각하고 들으니 진짜 좀 비슷한 느낌이네요."

아무도 듣는 이 없는 사망 선언을 하고 마지막 정리를 할 때, 그녀가 나타났다. 친척 언니 연락을 받고 병원을 찾은 것이었다. 얼굴에는 약간의 취기가 올라 있었다. 나는 갑작스런 보호자의 등장에 약간 놀랐지만, 곧 환자의 침대로 안내했다. 미동 없이 입을 벌리고 죽은 환자의 얼굴을 보고 그녀는 두 눈을 꼭 감았다. "돌아가셨습니다." 나는 다시 한번 환자의 죽음을 확정 지었다.

"우리 아빠가요……."

그녀는 흐느끼며 어깨를 떨었다. 콧물까지 훌쩍거리며 숨을 몰아쉬기를 한참이었다. 할 말이 있는 듯 입을 열었다 말기를 반복하더니 울먹이며 말했다.

"우리 아빠 정말 나쁜 사람이었어요. 나하고 엄마한테 그러면 안 되었어요. 나는……. 나는……. 아빠가 너무 미워요……."

그녀는 이제 큰 소리를 내어 울기 시작했다. 나는 아무 말 없이 옆에 서 있다가 갑작스런 그녀의 행동에 깜짝 놀랐다. 내게 안기려 했던 것이다. 나는 급히 몸을 돌려 간발의 차로 피했다. 그녀는 허공을 지나 뒤의 벽까지 다가가 힘없이 기댔다. 간호사들이 다른 환자들이 있으니 나가 울기를 권유했지만, 급기야는 주저앉아 버렸다.

평생을 아빠를 그리워하며 키워 온 수많은 감정이 있다. 미움일지언정 던지고 싶었지만, 이제 존재하지 않는 사람이 받아 줄 수는 없다. 아빠가 없는 곳에서, 때로는 타인에게서 아빠를 찾았지만 그들은 진짜가 아니었다. 그녀는 자기 안의 약한 아이를 보호하려고 아빠를 미워하기로 했을 것이다. 상처는 나아야 했다. 하지만 낫지 않아 썩어 고름이 되었다. 그 위로 피부가 덮이고 시간은 켜켜이 각질을 쌓아 두껍게 했다.

그녀는 표정을 일그러뜨리고, 아이가 되어 소리 내어 울었다.

목숨을 걸어야 비로소 엄마가 된다

산과 수술은 아기 때문인지 특히 값지게 느껴진다
그리고 바깥에는 모두의 온전함을 기다리는 사람들이 있다

———

아이를 임신했을 때 아내가 쓰던 스마트폰 어플이 있다. 아빠와 엄마가 연동해서 이용할 수 있고, 임신 주수에 걸맞은 배아 또는 아기 그림이 메인에 귀엽게 그려져 있다. 그 아기는 매일 조금씩 자라는데 직접 아기를 볼 수 없는 부모에게 이 어플의 아기 캐릭터는 소소한 즐거움을 준다. 이 아기에게 매일 편지를 쓸 수도 있다. 아기 캐릭터를 터치하면 아기가 말풍선으로 하고 싶은 말도 한다. "엄마는 쉽게 잠이 와요. 누워 지내는 걸 이해해 주세요!" "아빠를 선택해서 여기 온 거예요." "아빠, 무리하지 마세요. 엄마와 아기의 소중한 사람이니까요." 같은 격려의 메시지부터 "데굴데굴"

"콩콩" "태어나면 동물원에 가 보고 싶어요." 같은 귀여운 대사까지 다양하다. 나는 다양한 아기의 대사를 보는 재미에 자주 들여다봤는데, 그중 하나 아기의 말이 지금도 강하게 머릿속에 각인되어 있다.

"출산은 목숨을 건 일이에요. 엄마는 그것을 기다리고 있어요."

이 녀석……. 잘 알고 있네. 맞아, 결코 헛소리가 아니지. 남들 다 하는 출산이라고 쉽게 넘어가는 이벤트가 아니야. 엄마라는 이름은, 목숨을 걸고서야 비로소 얻을 수 있어.

수십 번 본 수술인데도 적응이 안 되는 수술이 하나 있다. 시작부터 끝까지 정신이 하나도 없다. 두 개 과가 협업을 하기에 수술방 안도 북적거린다. 피가 난무하고 목표체는 살아 움직이고 있다. 사람이 많으니 혹여 접촉 사고가 나지는 않을까 모두가 예민하다. 수술 도구를 든 손을 헛손질하지는 않을까, 발이 걸려 수술대 위로 넘어지지는 않을까, 손에 든 아이를 떨어뜨리지는 않을까. 매 순간이 두근거린다. 좋은 의미에서 내 가슴도 뛴다. 수술이 잘 끝나면 다른 수술 성공보다 훨씬 기분이 좋아진다. 제왕절개 이야기다.

집도의가 자궁 위로 능숙하게 절개 라인을 넣는다. 개인적으로 이때가 가장 긴장된다. 그 안에 수개월을 보낸 아기가 있다. 자궁을 가르는 즉시 양수와 체액, 혈액이 섞여 쏟아져 나온다. 그리고 아기가 머리를 쑥 하고 내민다. 보지 않고서는 그때의 놀람과 뭉클함은 알 수 없다. 가히 압도적인 광경이다. 매번 그렇게 느껴진다.

옆에 소아과 팀이 아기가 탈 이동 침대를 준비하고 기다린다. 집도의는 아기를 모체와 분리해 이들에게 건넨다. 소아과는 아기를 건네받아 생체 신호를 확인하는 등 해야 할 일을 한다. 아기를 건넸어도 집도의의 일은 끝나지 않았다. 이때 멍하게 소아과 팀을 바라볼 틈이 없다. 엄마의 복강 안에는 여전히 엄청난 양의 혈액이 솟아오르고 있다. 그는 다시 수술 마무리에 돌입한다. 이렇게 두 팀은 한 수술방 안에서 각자 자기 일에 열중하고 있다. 방금 전까지 생의 기운은 하나였는데 이제는 둘이 되었다. 수술방의 공기역시 그랬다.

이때 수술 보조 인력들은 쉴 새 없이 체액을 빨아들여 시야를 확보해야 한다. 이 과정이 시원찮다면 집도의를 자칫화나게 할 수 있다. 석션(흡인)은 집도의의 칼이 몇 초 후 닿을 만한 곳을 미리 예측해야 한다. 정확히 빨아들이는 것은 물론이요, 재빨라야 한다. 수술은 완벽한 팀플레이고, 한 번 삐걱하면 모든 박자가 틀어지는 한 편의 빠른 노래와 같다. 모든 합의 과정은 온 신경을 집중해야 한다. 합이 잘 맞았다면 결과는 대부분 해피엔딩이다. 모든 수술이 그렇겠지만 산과 수술은 아기 때문인지 특히 더 값지다. 때문에 나는 수술방에서 본 멋진 수술로 제왕절개를 단연 제일로 친다.

제왕절개만 그렇던가. 자연분만 역시 압도적이기는 마찬가지다. 나는 아직도 그 큰 아기가 여성의 질을 통해 나온다는 사실에 놀란다. 물론 나오는 과정은 결코 순탄하지 않다. 모두가 잘 알고 있는 이 사실 때문에 사람들은 엄마의 고생을 높게 산다. 쉽게 나올 일이었으면 '출산의 고통'이란 말 자체가 없었을 것이다. 고통만 이기는 것으로 끝나면 그나마 다행이다. 아기가 나오다가 걸리는 경우도 흔하다. 이때 쉽게 나오게 하려고 칼로 생식기를 찢는 경우도 있다. 경악할 만한 사실은 절개선을 넣어도 산모는 아픈 줄 모른다고 한다. 분만 자체 고통이 너무 심하기 때문이다. 더 심각한 경우도 있다. 아기가 나오다가 어깨가 빠지거나 쇄골이 부러지기도 한다. 이처럼 아기를 밖으로 꺼내기가 여간 힘든 일이 아니다. 결코 쉽거나 당연한 과정이 아닌 것이다.

요즘은 아빠들이 출산 과정에 많이 참여하는 것 같다. 실제로 본 적은 없는데, 아빠는 곁에 있으면 어떻게 해야 할지 몰라 안절부절못한다고들 한다. 아파하는 아내 대신 겪어 줄 수도 없고 상황은 정신없이 돌아갈 테니 당연한 일이다. 대다수 남자는 자신이 직접 겪을 일이 아니기에 엄마와 입장이 다소 다르다. 임신의 긴 시간 동안 어느 정도는 방관자적인 입장이다. 그렇게 별생각 없이 살다가 갑작스레 압도적인 출산 장면을 목격한다. 그때 그는 여러 감정을 품게 된다. 첫째는 놀람이요, 둘째는 미안함, 셋째는 고마움이다.

예전에는 산모가 잘못되는 경우가 많았다. 사실 자연의 생리에 따르면 굉장히 흔한 일이지만, 현대 의학이 이를 바로잡았다. 현대의 산모는 아이도 건강하고 자기도 잘 사는 걸 당연하게 생각한다. 하지만 불과 몇 십 년 전만 해도 그렇지 않았다.

그럼에도 안타까운 일들은 여전히 일어난다. 내가 중환자실에서 본 그녀는 막 분만을 마친 삼십 대 산모였다. 그런데 갑자기 정신을 잃었다. 그래서 응급실로 곧이어 중환자실로 실려 왔다. 당시 심각한 빈혈과 저체액성 쇼크가 있었다. 잔재 태반(remnant placenta)이었다. 분만 과정에서 태반이 적절히 제거되지 않아 출산 후에도 출혈이 지속되고 있었다. 그런데 너무 늦게 알았다. 피가 급속도로 몸 밖으로 빠져나갔다. 뇌로 가는 피도 말라 버렸다. 뇌는 몹시 예민한 기관이다. 마땅히 받아야 할 양분을 잠시라도 받지 못하면 망가지고 만다.

중환자실로 신경과 전문의가 왔다. 뇌가 죽었는지 기능을 평가하기 위해서였다. 뇌사는 뇌파, 임상 양상을 통해 종합적으로 판정한다. 의사가 마주한 환자의 모습은 처참했다. 얼마 전까지 건강한 산모였던 그녀는 지금 혼자 숨을 쉴 수 없었다. 살기 위해 기관 삽관을 했고 그녀의 입은 투명 고무관을 물고 있다. 볼에는 관을 고정하기 위한 테이프가 덕지덕지 붙어 있다. 몸도 팅팅 부어 있었다. 쇼크를 교정하느라 들어간 수액과 혈액 때문이었다.

신경과 의사는 모든 진찰을 마치고 보호자를 따로 불렀다. 타과 환자에게 이례적인 일이다. 환자는 산부인과에 입원해 있었다. 보통의 경우라면 해당과 주치의에게 소견을 설명하고, 환자에게 전달하도록 했을 것이다. 하지만 이번에는 좀 달랐다. 이 젊은 환자를 하루아침에 중환자실로 입원시켜야 했던 보호자들이 문제였다. 이들은 환자의 완전한 회복이 아니라면 어떤 것도 받아들일 여지가 없었다. 그래서 신경과 의사는 자신이 모든 걸 직접 설명하기로 결정했다. 뇌 전문가의 설명이라면 보호자가 받아들여 줄 수도 있으니 말이다.

보호자들은 환자의 부모, 남편, 다섯 살쯤 된 아이였다. 며칠간 피곤한 아이가 칭얼대자 남편은 아이를 들쳐 안았다. 이들은 신경과 의사의 호출에 엉거주춤 중환자실 밖 복도로 움직였다. 신경과 의사가 잠깐 침통한 표정으로 침묵하더니 마침내 입을 열었다.

"뇌사입니다."

청천벽력 같은 선언 외에도 의사의 설명은 계속됐다. 환자의 어머니는 그때부터 듣지 않고 고개 숙여 울었다. 가족 모두가 그랬다. 아버지만이 눈을 크게 뜨고 의사의 말을 듣는 척했을 뿐이었다. 하지만 그 역시 다른 게 신경 쓰이는지 자꾸 고개를 돌려 곁을 흘겼다. 사위의 눈치를 살피고 있었던 것이다.

환자의 남편은 내가 볼 때마다 한 마디 말이 없었다. 아내를 중환자실에서 마주했을 때도 말없이 머리를 쓰다듬을 뿐이었다. 아이를 얻은 기쁨도 아주 짧은 순간이었다. 평생 함께할 거라 생각했던 아내의 뇌가 죽었다. 그리고 그는 다시 혼자가 되었다. 아내는 목숨을 걸고 엄마라는 이름을 얻은 대신 자신을 영영 떠나 버렸다. 그에게 남은 것은 길고 긴 시간뿐이었다.

이 젊은 남자는 가늠하기 어려운 어떤 감정을 내비쳤다. 그는 찡그린 표정을 하고 무슨 말을 들어도 계속 침묵했다. 경직된 볼의 근육을 천천히 움직이는 걸 보면 이를 가는 듯도 했다. 화가 난 듯도, 울 것 같기도, 답답한 것 같기도 했다.

그래도 그는 안은 아이를 부지런히 흔들며 달랬다. 어른들이 어려운 대화를 나누는 가운데, 아이는 아빠에게 안겨 마침내 잠이 들었다. 머리 위의 고물 형광등이 깜박였다. 춥고 어스름한 중환자실 복도 안으로 을씨년스러운 바람이 불었다.

친구 K를 추억하며

그해 겨울, K를 만났지만 딱히 할 얘기는 없었다
대화 사이의 침묵도 우리 우정의 일부였다

———

2001년, 영국 여행 중이었다. 나는 그곳에서 뮤지컬이라는 장르에 눈을 떠 매일 놀라움 속에 지내고 있었다. 문화생활은 좋았지만, 단 하나 인터넷 환경이 불만이었다. 와이파이며 스마트폰도 없던 시절이었고, 컴퓨터를 쓰려면 시내중심가의 인터넷 카페까지 나가야 했다. 한글이 안 깔린 컴퓨터가 대부분이어서, 내가 쓸 수 있게 세팅만 하는 데에도 많은 시간을 써야 했다.

나는 친한 친구 K의 이메일을 기다리고 있었다. 그는 명문대 법학과에서 수학 중이던 수재로, 나와 재수 생활을 같이했다. 이십 대 초반 우리는 매일 밤 얘기하고, 술을 마셨다. 그는 친구였지만 내게는 어른 같았다. 나는 그에게서 삶을 대하는 태도에 관해 많은 것을 배웠다. 그와 만나는 것을 좋아했고 그도 역시 그렇다 했다.

진로를 고민 중이었던 나에 비해 그는 생의 방향을 일찌 감치 정했다. 스물두 살의 나이에 휴학을 한 그는 사법고시 준비를 위해 신림동 고시촌으로 들어갔다. 그는 성실하면 서도 친구들 중에서도 명석한 편이어서 일찌감치 붙을 거 라 기대를 모았다. 하지만 그도 젊은 나이 고시촌에서 외로 움을 느꼈다. 그래서 가끔씩 나와 편지를 주고받았다. 나중 에 들은 이야기로는 나와의 서신 교환이 사회생활 전부였 다고 한다. 나는 더 넓은 세상을 보고 싶어 출국을 했다.

"난 요즘 장난 아니게 열심히 공부하고 있다. 거의 고등 학교 때 공부하던 것처럼, 독서실에서 하루 열 시간씩……. 그리고 이메일 정말 고맙다. 오랜만에 이메일 확인하는데 새 편지가 한 통이란다, 네가 보낸 거……. 넌 나한테 이런 존재라는 생각이 들었다."

마지막 답장 이후 K는 오랫동안 편지를 보내지 않았다. 영국 인터넷 카페에서 이메일을 보려면 오랜 한글 세팅 작

업을 해야 했는데, 그렇게까지 했는데도 여러 차례 허탕을
쳐 허탈했다. 돈 없는 학생이었으니 국제전화를 걸어 보기
는 버거웠다. 나는 소식이 궁금했지만 그냥 두기로 했다. 그
러던 어느 날 또 오랜만에 인터넷 카페를 들렀는데, 그의 이
메일이 와 있었다.

"답장이 좀 늦었지, 미안. 사정이 좀 있어서……. 나 이 주
동안 병원에 입원했다가 지금은 집에서 요양 중이다. 빨랑
나아서 공부해야 되는데……. 넌 잘 살고 있겠지. 보고 싶
다."

'입원? 이게 무슨 뚱딴지같은 소리야.' 심지어 나는 사실
아직 청춘이라고 부르기도 애매한 어린애였다. 영원히 죽
지 않고 살 줄 알았던 그 시절, 심지어 부모도 영원히 살 것
같았던 시절이었다. 그런 내게 '입원' 같은 단어는 감히 상
상이 안 되었다. 하물며 죽음은 어떻겠는가.

몇 달 후, 나는 한국으로 돌아왔다. 공항까지 마중 나오겠
다던 K는 약속을 지키지 못했다. 심지어 전화통화도 하지
못했다. 전화를 할 수 없는 곳에 가 있었기 때문이다.

그는 여의도의 대학 병원에 입원해 있었다. 급성 골수성

백혈병이라고 했다. 처음 그 소식을 들었을 때는 너무 얼떨떨해서 믿을 수가 없었다. "백혈병이라니, 치료는 가능한 거야?" 그는 그렇다고 했다. 중병이라 걱정은 되지만, 암 이 녀석, 사람을 잘못 골랐다고도 했다. 나는 그의 강한 목표 지향적 성격을 잘 알고 있었다. 병마라는 큰 도전도 그가 마음만 먹으면 해치울 수 있을 거라고 생각했다.

그는 병실에서도 성실한 학생이었다. 의대생 친구에게 의대 교재를 구해 고시 공부하듯 자기 병을 공부했다. (나는 그때 의대 입학 전이어서 그에게 도움을 줄 수 없었다.) 항암 치료를 여러 사이클 돌리는 동안 그는 백혈병을 유형별로 이해하고, 치료의 전체적인 콘셉트를 완벽히 알게 되었다. 다들 그가 대단하다고 했지만 내가 아는 그는 원래 그 정도 사람이었다. 그다지 놀라운 일은 아니었다.

하지만 의사 입장에서 그렇게 똑똑한 환자는 사실 좀 부담이 된다. 나만 해도 환자가 의사라고 하면 부담감이 엄습한다. 자꾸 의학적으로 치료 방침을 따지고 들면 환자 보기가 어렵다. 그래서 그는 가끔 의료진과 마찰이 있었던 것 같다. 어느 날 병문안을 갔는데 그가 울분을 토로하며 말했다.

"그 레지던트 개새끼! 그런 놈은 의사가 되면 안 돼! 몸만

다 나으면 그 새끼 내가 죽여 버릴 거야."

K는 병을 공부하면서 교과서와 실제 이루어지는 치료가 다름을 발견했다. 당연히 학문적 호기심은 아니고, 자기가 죽고 사는 문제니 궁금한 게 당연하지 않은가? 그런데 치료가 길어지고 몸은 힘들어지니 말이 곱게 안 나갔나 보다. 그래서 그가 싫어하던 그 의사 놈의 자존심을 건드리고 말았다. '네까짓 게 똑똑하면 얼마나 똑똑하다고, 현대 의학을 이해할 수나 있을 것 같아? 아무리 잘 알아도 의사인 내가 더 잘 알지.' 같은 생각을 하게 했던 것 같다. 그 의사는 화가 난 나머지 환자에게 해서는 안 될 행동을 했다. "똑똑해서 잘 아시는 것 같으니 설명해 드리죠. 당신이 말하는 그대로 하면 죽을 확률은 몇 퍼센트고, 이렇게 하면 죽을 확률은 몇 퍼센트고, 저렇게 하면 죽을 확률은 몇 퍼센트예요."라고 비꼬며 감정적으로 대응했던 것이다.

지금 생각해 보면 그 의사의 행동이 이해가 안 가는 것은 아니다. 그가 일하는 병원은 혈액암 환자가 제일 많이 오는 국내 최고 수준의 병원으로, 의사들에겐 극강의 노동량으로 악명 높다. 젊은 암 환자들은 대부분 닥친 불행을 잘 받아들이지 못한다. 아직 살아 할 일이 너무 많다고 생각하기 때문이다. 그래서 그들은 자기감정을 의사에게 투사하기도 하고, 때때로 이해하기 어려운 정신병적 행동을 하기도 한다. 의사는 이들을 데리고 단순히 일하는 데에서 더 나아가, 회복시킬 책임까지 있어 부담감이 이루 말할 수가 없다. 이 의사는 내 친구의 질문을 들었을 때 아마도 마음으로는 환자를 이해했을 것이다. 그 정도도 안 된다면 내과 의사를 선택했을 리 없다. 다만 그는 본인이 감당하기 힘든 수준의 업무량에 치여 사는 레지던트였다. 요즘처럼 전공의 특별법도 없을 때니 아마 매일 당직을 서고 교수에게 욕 듣고 사는 딱한 인생이 뻔하다. 사명감에 내과 의사가 되었겠지만 의사질은 결코 쉽지 않다. 그가 있는 곳은 암 병동이었다. 비극으로 가득한 병동 안에서 내 친구와 의사, 이 두 젊은이들은 각자의 상처 속에 살아가는 약한 존재였다.

항암은 융단 폭격 같은 것이다. 폭탄이 땅 전체를 초토화시키고 나면 적과 아군, 민간인 모두가 죽는다. 의사들은 이를 '나락이 된 상태', 의료 용어로는 '나디르(nadir)에 빠졌다'고 한다. 폐허가 된 땅의 새 주인은 살아남은 극소수의 사람들이다. 하지만 그들이 살아갈 곳은 예전에 살던 그곳이 아니다. 힘들게 양식을 모아야 하고 집 지을 재료 하나 없다. 사람들은 가난 속에 살아야 한다. 풍요는 그들 기억 언저리에만 있다. 어쨌든 항암이 모두 끝나면 이제는 기다리는 일만 남는다. "이 땅에 과연 생명이 다시 번성할 수 있는가?" 이 질문에 답할 수 있는 것은 오로지 환자의 자연 회복력이다.

항암 치료 중의 K는 약해지고 있었다. 나는 그를 자주 볼 수조차 없었는데 그가 무균실에 있었기 때문이다. 바로 앞에 들었던 융단 폭격의 비유처럼 그의 몸 안에는 그를 지켜 줄 상비군은 전멸해 없었다. 일상생활에 존재하는 세균이 조금만 들어와도 그는 자칫 패혈증으로 생명을 잃을 수도 있었다. 나디르 상태에서 무균실 입실은 너무도 당연한 조치였다. 무균실 면회는 하루 한 번 그것도 삼십 분만 허용되었다. 내가 보고 싶다고 섣불리 그를 보겠다고 할 수 없었던 이유는, 그의 어머니가 항상 그곳에 있었기 때문이다. 내가 K를 면회하면 어머니의 기회를 박탈하게 되는 것이었다. 그래서 나는 한 달에 한 번 정도, 그것도 미리 일정을 잡고 나서야 그를 볼 수 있었다. 대부분의 경우는 무균실 바로 밖

유리창 안을 바라보며 인터폰을 하는 게 전부였다.

항암 치료는 부작용도 많았다. 건강할 때에도 마른 체격이었던 그는 항암을 시작하니 그야말로 피골이 상접한 상태가 되었다. 한 번은 그를 만나러 들어갔을 때 나빠진 그의 상태에 크게 놀랐다. 그의 병은 티브이 드라마의 말기 암 환자보다도 더 심각해 보였다. 다 빠져 버린 머리칼에 총기 잃은 눈, 나를 보고 반가워하긴 하는데 말로 표현하기도 힘들어하고, 심지어 식사를 하는데 숟가락을 덜덜 떨며 들고 있었다. 쇠로 된 숟가락 하나도 못 드는 아픈 친구는 나를 큰 충격에 빠뜨렸다.

이때 주위에 많은 고마운 사람들도 알게 되었다. 내가 활동하는 인터넷 커뮤니티 등에 헌혈 공고를 올렸는데 많은 따뜻한 이들이 고맙게도 자원해 주었다. 그중에는 친한 사람도, 전혀 모르는 이들도 있었다. 친구가 병과 싸우며 힘들어하는 동안, 그저 어리기만 했던 나는 그로 인해 사람과 사회를 배워 가고 있었다.

그렇게 그는 일 년간의 투병을 마치고 퇴원했다. 200일 년의 일이다.

그해 겨울, K는 모처럼 집에 와 병원 밖의 공기를 쐬고 있었지만 밖에 못 나가 우울해하고 있었다. 면역이 없다시피 한 그가 외출할 수 없다는 건 본인도 잘 알고 있었다. 하지만 일 년간 못 나간 그로서는 좀이 쑤시는 게 당연했다. 그는 나를 자기 집으로 오라고 여러 번 전화했다. 하지만 나는 갈 수 없었다. 심한 감기에 걸렸기 때문이다.

　약속했던 그날, 감기가 심해서 그의 집에 못 가겠다고 전화로 말했다. 그는 내 통보에 알았다고는 했지만 매우 실망한 목소리였다. 전화를 끊고 한 십여 분 생각해 보니 지금 안 가면 그에게 너무 큰 상처를 주는 게 아닌가 하는 생각이 들었다. 나는 다시 전화를 걸었다. "야, 나 감기 심해. 괜찮겠어?" 그는 망설임 없이 대답했다. "마스크 쓰고 와라."

　막상 만났는데 딱히 할 얘기도 없었다. 우리 둘 다 예전처럼 흥미로운 일상을 보내고 있지 않았던 것이다. 그는 병 때문에 기운 없이 처져 있는 것이 일과였다. 나는 꿈도 없고 앞으로 딱히 무슨 일을 해야 할지 몰라 진로를 고민 중이었다. 하지만 그에게 이런 이야기를 꺼낼 수는 없었다. 내가 어떤 고민을 가지고 있든, 그의 것에 비할 수는 없었다.

　우리 둘은 각자 마스크를 하고 눈만 보이는 얼굴을 하고 방에 앉았다. 대화 중간중간 침묵이 자주 발생했다. 그래도 그 상황이 불편하지는 않았다. 그는 병원 생활로, 나는 (그에 비하면) 별것 아닌 고민으로 서로 공감할 수 없는 하루하루를 각자 너무 오래 보냈던 것이었다. 침묵 정도가 우리 우정을 시험하는 징표 정도는 아니었다. 침묵이 흐르던 중 내가 콜록콜록 기침을 심하게 하면, 그는 걱정되는 눈빛으로 "이 새끼, 기침 졸라게 하네."라고 말했다. 그는 그럼에도 내가 돌아가기를 종용하지 않았다. 나는 그때 그가 나를 사랑한다고 생각했다.

그날 이후 한참을 그를 보지 못했다. 한편 나는 무역 계통에 진출하겠다는 새로운 목표를 세우고 중국어 공부를 시작했다. 도서관에서 공부하는 날이 이어졌다. 그리고 K는 다시 병원에 입원했다.

2002년이 되었다. K는 모교에서 유명인사가 되어 있었다. 그의 딱한 사정을 한 방송사에서 다큐멘터리로 만들어 방영했던 것이다. 하지만 그의 병은 유명세만큼 좋아지지는 않고 있었다.

그가 입원해 있는 동안 한 번 그를 만났다. 일 년 전 "백혈병인지 뭔지, 너 사람 잘못 건드렸어."라며 호기롭게 말하던 친구는 이제 그 자리에 없었다. 그는 긴 투병에 지쳐 가고 있었다. 내가 곁에 있어도 그는 나를 쳐다보지 않았다. 다만 여러 번에 나누어 무슨 말인지를 중얼거렸다. 기력이 없고 호흡이 얕아 잘 안 들렸다. 워낙 작은 소리여서 나는 그 말을 다 알아듣는 데 시간이 걸렸다. "내가 죽" "내가 죽으면" "우리" "부모님을" "부탁" "부탁한다." 나는 다 듣자마자 "이놈이 지금 무슨 소리를 하고 있어. 빨리 나을 생각이나 해!" 하고 일갈했지만, 병실에서 나오는 마음이 영 좋지 않았다.

당시 나는 공부하느라 바쁜 날들을 보내고 있었다. 그러다 큰 성과를 얻었다. 내 성실함을 좋게 본 교수님 한 분이 중국에서 진행하는 프로젝트에 나를 학생 단장으로 추천했다. 이 프로젝트는 중국에 한국 기업이 진출하기에 앞서 한국의 이미지 제고를 위해 하던 이벤트 사업으로, 학생만 오십 명이 넘게 참가하는 대규모였다. 지금처럼 중국 열풍이 있기 전의 일이니 내게는 큰 기회였다.

중국에 가기 전 바쁜 날들이 이어졌다. 가서 판매할 상품들을 정리하고, 단장으로서 지휘할 일들을 확인했다. 한편 당시 한국은 축제 분위기였다. 2002년 한일 월드컵 직전이었다. 히딩크 감독이 이끄는 대한민국 축구팀이 친선 경기에서 계속 승리를 거두고 있었다. 나와 내 주위 사람들은 고취된 기분으로, 할 수 있다는 열정으로 모두 밝은 미래만을 꿈꿨다. 의심할 여지가 없어 보였다. 막연했지만, 생각하기에 내 직업적 성공은 보장된 당상이었다.

그러던 어느 날, 중국에 떠나기 며칠 전에 일이 터졌다. 나는 억 소리를 내며 앉은자리에서 쓰러졌다. 다행히 집에 있었기에 다치지는 않았다. 하지만 나는 누운 상태에서 일어나지 못했다. 척추 디스크 파열이었다. 나는 당장에 허리 수술을 받고 며칠을 누워 있었다. 그리고 오랫동안 준비했던 중국 프로젝트를 하루아침에 접어야 했다. 천장만을 보며 누워 있으려니 무력감이 크게 느껴졌다. 오랫동안 쌓아 올린 공든 탑이 와르르 무너지는 기분이었다.

그리고 갑자기 K가 죽었다. 서서히 나빠지고 있었겠지만, 나름 바빴으니 오랫동안 그의 소식을 듣지 못했다. 그와 가장 친한 친구였던 나는 그렇게 집에 누워서 부고를 들었다. 장례식을 갈 수도 없었다. 의사의 권고대로 수술 후 누워 있어야 했다. 한편 꼭 가야겠다는 생각은 있었지만, 또 못 간들 어떠나 싶기도 했다. 어차피 나는 그와 마지막 인사를 못 나눴다는 죄책감이 있었다. 그의 사진만 걸어 놓은 장례식은 내게 큰 의미가 없었다.

때는 대한민국 축구팀이 선전한 마지막 친선 경기 즈음이었을 것이다. 집 밖 많은 사람들이 신나 시끄럽게 소리 지르고 꽹과리를 쳐 댔다. 나는 멀리서 소음을 들으며 집 안에 고요히 혼자 누워 있었다. 하루 종일 누워 있으니 그가 자꾸 생각났다. '이 녀석도 나처럼 어딘가에 누워 있겠지.'

장례 마지막 날이 되었다. 갑자기 '아무리 그래도 나는 가야 하지 않나' 하는 생각이 들었다. 나는 어머니를 졸라 장례식장에 데려다 달라고 부탁했다. 어머니는 내 건강이 걱정되어 다시 생각해 보길 권유했다. 하지만 나는 의견을 굽히지 않았다. 결국 정말 잠깐 보고만 오기로 타협하고 그곳으로 향했다.

둘 다 건강하던 시절, 우리는 어울리지 않게 삶과 죽음에 대해 이야기를 나눈 적이 있었다. 그는 비록 자신이 이렇게 일찍 죽기를 기대하지는 않았겠지만, 자기 장례식장에 많은 사람이 있었으면 좋겠다고 했다. 장례식장 방문객이 많다는 말은 사랑받는 삶을 살았음을 의미하기 때문이란다. 나는 그래도 그가 인생을 제대로 살았구나 하는 생각을 했다. 구름처럼 많은 방문객들이 그 사실을 증명하고 있었다.

나는 영정 사진을 보고도 슬퍼하지 않았다. 그는 내 가족이었는데 신기한 일이었다. 아마도 시간이 감정을 무디게 만들었을 수도 있겠다는 생각이 들었다. 사십구재까지 지낸 이후에도 별 느낌이 생기지 않았다. 그로부터 몇 달 후, 나는 혼자 티브이를 보다가 문득 그를 떠올렸다. 그리고 오래 곁에 있었던, 평생 있을 것 같았던 친구가 없어졌음을 깨달았다. 그제야 깊은 곳에서 슬픔이 배어나 배 안을 가득 채웠다. 나는 한참을 소리 내어 울었다.

그는 그렇게 떠났다. 24세의 젊은 나이였다.

2002년 한일 월드컵이 끝나 가고 있었다. 대한민국은 이례적인 성공을 거두는 중이었다. 다들 거리 응원으로 흥분해 있는 가운데, 나는 꼼짝없이 방 안에 누워 티브이 시청으로 경기를 관람해야 했다. 거리 응원도 뉴스에서만 봤다. 피 끓고 철없던 친구들은 내가 수술한 사실을 뻔히 알면서도 같이 놀자고 매일같이 전화했다. 그래서 나는 모든 연락을 끊고 재활 운동을 하며 소일했다. 수술로 통증은 사라졌지만 약해진 허리는 금세 회복되지 않았다.

완전한 회복에는 몇 주가 걸렸다. 대한민국 축구팀은 4강이라는 역대 최고의 성적을 거뒀다. 나는 허리가 나아 시내를 나가 보았다. 매일이 축제, 축제였던 흔적이 이곳저곳에 흩어져 있었다. 지금부터의 대한민국은 과거와는 확연히 달라질 거라는 생각이 들었다. 나도 이제 변해야 할 때가 되었다고 생각했다. 감당하기 쉽지 않은 큰일을 겪었다. 예전처럼 살 수는 없었다.

어느 날, 아버지와 저녁 식사를 하다가 선문답 같은 화두를 던졌다.

"아버지는 어떻게 생각해요?"

"뭘?"

"제 생각에, 사람한테 이 몸이란 게 정말 큰 한계인 것 같아요."

뜬딴지같은 내 말에 뭐라 대답해야 할지 고민이 되는지 아버지는 바로 대답하지 않았다. 나는 다시 우물거리며 밥을 먹었다. 그리고 한참을 쉰 후 말했다.

"아버지."

"응?"

"저 의대 가고 싶어요."

아버지는 놀란 눈으로 나를 쳐다보셨다. 나는 계속 밥을 우물거리며 생각에 잠겼다.

의사가 된 것도, 글을 쓰는 사람이 되기로 한 것도, 내겐 모두 운명이다. 그렇게 설명할 수밖에 없다.

글쓰기를 원래 좋아하기는 했다. 어릴 때부터 공책에 이런저런 글을 끄적였다. 하지만 감히 작가가 된다는 생각을 해 본 적은 한 번도 없었다. 우스운 얘기지만 내가 글쓰기 좋아한다는 사실도 몰랐다. 청소년 시절에는 인터넷이 대중적이지도 않을 때였다. 내 미천한 원고지 습작을 누가 읽어 줄 거라 기대할 수 없었다. 당시 나는 단편 소설 정도를 자기만족으로 쓰고 있었다. 한 번 생각날 때 몰아 쓰고, 그리고 잊었다. 억압받던 단체 생활에서 찾아낸 유일한 정신적 탈출구 정도였다.

나이가 들어 유명한 소설가 무라카미 하루키의 책《직업으로서의 소설가》를 읽었다. 그가 소설을 쓰게 된 이유 등을 적은 자전적 에세이다. 나는 이 책을 읽다가 웃음을 터뜨렸다. 책에는 그가 소설가가 되기로 마음먹은 계기가 나와 있었는데, 어쩐지 나와 크게 다르지 않아서였다. 그는 야구 경기를 보다가 갑자기 소설을 써 볼 마음을 먹었다. 정말 뜬금없어 보이는 이야기지만, 내가 글쓰기를 결심한 계기와 맥락이 비슷한 것도 같았다.

나의 경우 야구장이 아닌 도서관이었다. 대학생이던 나는 개인 블로그를 갖고 있었다. 방문객이 적은 하꼬방이었지만 사회 이슈 등에 대한 이런저런 소회를 썼다. 드물게 달리는 댓글을 보고 소소하게 기뻐하는 정도로 관리했다. 한 번은 자기 직전 어떤 글이 갑자기 쓰고 싶어졌다. 하지만 너무 늦은 시간이라 포기하고 잠을 청했다. 그런데 누워도 도통 잠이 오질 않았다. 자취방에는 컴퓨터가 없었으므로 나는 할 수 없이 도서관으로 향했다. 새벽 2시의 늦은 시간이었다. 그리고 그곳에 꼼짝 않고 앉아 아침 6시까지 글을 썼다. 글을 저장하니, 1978년의 하루키처럼 아무 근거도 없는 생각을 떠올렸다. '그래, 나도 어쩌면 작가가 될 수 있을지 몰라.'라고.

다만 이 거장과 나는 큰 차이가 있었다. 천재성은 차치하더라도 실행력이 문제였다. 그는 야구장에서 집으로 돌아오는 길에 만년필을 하나 샀고, 방과 후 쓴 소설 하나로 신인문학상을 수상했다고 했다. 하지만 나는 펜(컴퓨터)을 사지도, 글을 쓰지도 않았다. 평범한 일상으로 다시 돌아왔고, 그나마 하던 블로그는 숫제 닫아 버렸다. 이후 한동안 글쓰기를 중단했다. 내게는 지금 당장 먹고사는 게 더 중요했다. 그리고 그 '맥락 없던 운명적 아이디어'는 가슴 한편에 묻어 버렸다.

그렇게 몇 년이 지났다. 아이러니하게도 글이 쓰고 싶어진 때는 육체적으로 극도로 힘들어진 시기였다. 수면 시간도 부족했고 정신적 스트레스도 극에 달했다. 고등학교 시절 글쓰기를 유일한 탈출구로 삼았던 것처럼, 이때의 나도 그랬다. 나는 오래전 도서관에서 받은 영감을 갑자기 떠올렸다. '맞아. 글쓰기가 내 운명일 수도 있어.'

나는 잠을 줄여 가며 소설을 쓰기 시작했다. 힘들었지만 즐거운 시간이었다. 하지만 공모전에서는 늘 보기 좋게 떨어졌다. (우습지만) 잘 쓴 작품이라고 자평했기 때문에 큰 충격을 받았지만, 이번엔 예전과 달랐다. 나는 좌절하지 않았다. 일상에 매몰되지 않기로 마음먹었다. 이번에 그만두면 또 오랫동안 글쓰기를 그만둘 것이 분명했다. 나는 두 번째, 세 번째 소설을 연달아 썼다. 비록 가시적인 성과가 없어도 계속 쓸 생각이었다.

이후 나는 닥치는 대로 썼다. 소설이 쓰고 싶었지만, 논문, 수필도 쓰고 남의 글 봐주기도 마다하지 않았다. 그러던 차에 내 글 하나가 공모전에서 덜컥 당선이 되어 버렸다. 소설이 아닌 수필이었다. 아내는 웃으며, "좋아하는 일 하지 말고 잘하는 일 하라."라 말했다. 나는 다양한 인간 군상이 모이는 병원 속 풍경을 좋아했고, 그렇기 때문에 그 일상을 글로 담아 내는 것도 좋아했다. 하지만 의사로서의 수필 쓰기는 늘 마음 한구석에 걱정이 남는 일이었다.

사실 마음만 먹으면 시작은 크게 어렵지 않다. 병원에 있기 때문에 극단적 상황은 계속 마주하기 마련이고, 일단 소재거리는 넘쳐 난다. 하지만 환자 이야기를 실제 수필의 재료로 쓰기에는 윤리적인 문제가 많다. 환자에게 동의를 구하거나, 불가능하다면 특정할 수 없도록 각색이라도 해야 했다. 없는 얘기를 지어 내는 소설과는 차원이 다른 문제다. 글을 막 써 젖힐 수도 없고 매번 많은 고려를 해야 했다. 나는 큰 고민에 잠겼다.

이런 내 마음을 돌리게 된 계기가 있다. 공모전 시상식에서 발견한 문구였다. '이 문학상은 날로 멀어져 가는 환자 대 의사의 관계회복을 희망하는 취지에서 제정되었습니다'. 더 고민할 필요도 없었다. 내 글을 읽은 의사가 환자에 더 공감할 수 있다면, 내 글을 읽은 환자가 의사를 더 믿을 수 있다면! 글 한 장 쓸 때마다 동의를 구해야 하는 번거로움이 뭐 대수겠는가? 나는 그날부터 수필 쓰기에 박차를 가했다. 그렇게 한 편 두 편 쌓여 여기까지 오게 되었다. 오는 길이 쉽지는 않았지만, 그 여정의 대부분은 매우 행복했다.

원고를 다 마무리 짓고, 얼마 전 다니던 직장에서 퇴사를 했다. 이직을 준비하던 중 코로나-19 팬데믹이 터졌다. 이 시기는 내 감정에 큰 영향을 미쳤다. 수개월의 자유 시간 동안 하려고 계획했던 많은 약속들이 모조리 취소됐다. 가고 싶던 학회도 전부 문을 닫아 버렸다. 나는 갓 태어난 딸이 걱정되어 최대한 외출하지 않았다. 집 안에만 있으려니 답답했지만 어쩔 수 없었다. 몇 주간 우울감이 지속됐다. 아마 대한민국 사람 모두가 그랬을 것 같다. 모두에게 힘든 시기였다.

사회적 거리두기가 시행되면서 사람을 대면하는 일 자체가 조금 어색해졌다. 가끔씩 느끼는 사람들의 풍경은 이질적이었다. 또 우리들 사이엔 온갖 장벽이 지어졌다. 자동차 문, 차폐막, 마스크, 장갑…… 견고해 보였지만 여전히 불안했다. 뉴스 화면으로 본 진료 현장도 마찬가지였다. 의사들은 평소 해 왔던 것처럼 환자의 맨살을 볼 수 없었다. 고글, 마스크 심지어 방호복까지 걸치고 먼발치에 섰다. 서로가 서로를 서로에게서 보호해야 했다.

위험을 무릅쓰고 나온 사람들, 하지만 이들은 결국 만났다. 모두가 마스크로 얼굴 대부분을 가렸지만 눈으로는 말할 수 있었다. 최소한의 접촉을 해서라도 어떻게든 알기 위해 노력했다. 만나지 않으면 알 수 없는 사이…… 환자와 의사 관계의 숙명이다.

가까워지고 싶어도 밀어내는 이들의 물리적 거리를 보

며, 나는 오늘의 환자와 의사 간 마음의 거리를 생각한다. 우리는 더 가까워질 수 없는 걸까. 당신을 더 알 수는 없는 걸까. 당신의 아픔이, 나로 인해 더 나을 순 없는 걸까.

하루빨리 이 모든 싸움이 끝나길 바란다. 나는 당신의 안녕을 바란다.